文春文庫

ふたご

藤崎彩織

文藝春秋

目次

第一部

第二部

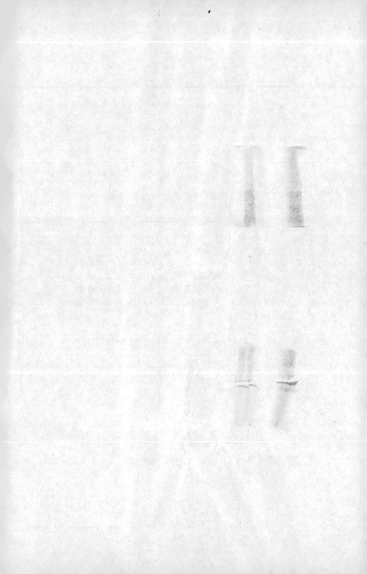

ふたご

序章　ふたご

彼は、私のことを「ふたごのようだと思っている」と言った。

お酒を飲んでいると、ときどきその言葉を使うことがある。ふたご。まるで同じタイミングで世に生まれて、一緒に生きてきたみたいだ、と。

ふたご。その言葉を他人に対して使うと、生々しい響きになる。まるで生まれて初めて聞いた音や、見た景色も、同じみたいだ、と。

私たちが一緒に生活を始めてから、何年になるだろうか。ふたりの背後には、チューハイの空き缶が高く積み上げられている。これもいつもの景色だ。

グラスに氷を入れてお酒を飲むことを面倒くさがる彼は、お酒をいつも缶で買う。そして、五本、六本と飲み終えた缶が増えていくと、それらをタワーのように積み上げて、誇らしく見上げるのが、彼の趣味なのだ。

いつもの風景。これがいつもの風景になったのは、最近のことだ。自分たちにこんな日がくるなんて、長い間想像することも出来なかった。

ふたごのようだと思っている。

彼は私のことをそんな風に言うけれど、私は全然そんな風には思わない。まず、私はあんなに突飛なことをしないし、だいいち学校だって一応大学までちゃんと通っていたし、彼に「夏休み、一緒に水族館のバイトしない？」って誘われたときだって、二人同時にバイトの面接を受けに行ったけれど私だけ受かって彼には電話がかかってこなかったし、私はあんな寂しい顔で笑ったりしないし、あんな悲しい泣き方だってしないし、あんな切ない声で歌ったりしない。

人が涙するような声で歌ったその晩に、浴びるようにお酒を飲んで記憶をなくしたりもしない。

私が黙っていても、彼は全く気にする様子もなく、スピーカーから流す音楽を探している。お酒を飲む時に必ず音楽をかけるのも、彼の趣味だ。そして、大声で歌う。どんな音楽をかけても歌手の声をかき消すほどの大きな声で歌うので、結局どの曲のボーカルも彼になる。

今日もいつも通り、彼は大声で歌い始めた。最近よく聴いている曲だから、私も知っている。にこにこしている彼の目が「一緒に歌おうよ！」と言っている。もう「ふたご」のことなんて、どうでもよさそうだった。

彼が私のことを「ふたご」と呼ぶ時は、いつもこんな風に機嫌のいい夜だった。お酒をたくさん飲んで、未来や夢のことを語って、無理難題をふっかけてくる夜。

でも彼の話を聞きながら、心の中で「それはちょっと無理なんじゃないかなあ……」なんて不安に心拍数をあげていると、彼は悪魔の微笑みで近寄ってきて、告げるのだ。

「俺はお前のこと、ふたごのようだと思っているよ」と。

そう、まるで「よう、兄弟。分かるだろ？」のニュアンスで。

私は全然そんな風には思わない……。

それなのに、彼がその言葉を口にするときのあの瞳に、誰かに何かを伝えようとするとき、少し斜視になるあの瞳に見つめられると、私は決まって、悪い魔法にかかったみたいに、こくんと頷《うなず》いてしまうのだ。

まるで「おう、兄弟。分かるよ、当たり前だろう？」のニュアンスで。

彼はまた新しくチューハイの缶を開けていた。飲み終えた缶を、既に高く積み上げられたタワーに加える。上のほうがぐらついていて、今にも倒れそうだ。

片付ける時に大変だからやめて欲しいと、今まで何度も言ってきたけれど、結局聞き入れて貰えなかった。

ねえ、それやめて欲しいのだけど。そう言うと彼は、こちらにくるっとむいて、分かったような顔でにこりと笑う。それだけだ。酔っているときに何か言っても、あまり効果はない。

ふたごのようだと思っている。

彼は知っているのだろうか。かつて私が彼とふたごになりたくて、どれほど苦しかったのかを。ふたごになんかなりたくないと、どれだけ一人で泣いた夜があったのかを。

いっそのこと、本当にふたごのようであったら、こんな風にいつまでも一緒にはいなかったのだと思う。いや、はっきり言おう。私たちがふたごのようであったら、絶対に一緒にいることは出来なかった。

確かに、私は人生の大半を彼のそばで過ごしてきた。晴れた日も雨の日も、健やかなる日も病める日も、富めるときも貧しきときも、確かに、私は彼のそばにいた。

けれどもその大半は、メチャクチャに振り回された記憶ばかりだ。

第一部

一　夏の日

家族が誰もいないのをいいことに、ソファの上に足を投げ出した。中学校は休みだ。テーブルから持ち上げた麦茶のグラスが結露していた。水のしずくが手首を伝って、読んでいた本のブックカバーの上へ落ちる。あわててティッシュペーパーで拭おうと上体を起こすと、布製の緑のカバーに、ちょうど涙のような染みが出来た。

電話が鳴った。急いで立ち上がって子機を取る。

「もしもし、西山です」

変なセールスの電話の場合、大人のフリをして断らなくてはならないので、少しすました声で出ると、電話のむこうで「何その声、おばさんみたい」と笑い声が聞こえた。

電話をかけてきたのは、月島だった。

「なっちゃん、今からＤＶＤ借りにいくんだけど、一緒に行かない？」

「ＤＶＤ……？　うん、いいよ」

「どうしたの？」

「え？」

「何かあった？」

月島はいつも、うんか、ううんの言い方ひとつで、何かあったのと聞いてくる。そして彼が聞いてくるときは、たいてい本当に何かある。けれど私は胸の中で渦を巻いている出来事を思い出しながら、言葉を飲み込んだ。

「ううん。何でもない。私もちょうど映画を見たい気分だよ」

テーブルに置いておいた氷のなくなった麦茶を一口飲んだ。ごくりという音が聞こえないように、口だけを子機から遠ざける。

月島と仲良くなったのは、中学二年になった時だ。

同じ中学校に通う一学年先輩の月島を、学校の吹き抜けの階段でよく見かけていた。目が綺麗だ。月島は寒空の下にいる動物みたいな目をして、一人で遠くを見ていた。

「こんにちは、西山夏子といいます。何を見ているんですか……?」

気づいたら、そう声をかけていた。

それが二人の初めての会話だ。月島は私のことを、なんだか変わった後輩だと思ったらしい。


電話を切って、外へ出かける支度をしていると、すぐにインターフォンが鳴った。ドアを開けると、月島がすぐに背中を見せる。

早く行こうぜ。自転車にまたがる彼を見て、私は急いで靴を履いた。

自宅から自転車で十分ほどの距離に、池上という駅がある。東急池上線、池上駅。

月島も私もこの駅が気に入っていた。

池上駅には、ツタヤとゲオの両方がある。どちらかを探せば大体の映画やCDがあったし、どちらも見てまわるのが私たちのいつものコースだった。

自転車を止めて、まずはツタヤへと向かった。私は最近あった出来事を話し始めた。

「昨日ね、国語の大塚先生が門の前にいて、私を見るなり、スカートが短すぎます、もう少し長くしてきなさいって言ったの」

「ああ、あのちびまる子ちゃんみたいな髪型の人」

月島が言う通り、先生はいつもまる子ちゃんのように毛先をぱっつんと切りそろえていた。お堅いことで有名な大塚先生に、ちびまる子ちゃんはあまりにも不似合いで、私は吹き出しそうになる。

「それでね、問題はここからなんだけど。大塚先生があまりにも呆《あき》れた顔でスカートが短いって言うから、私試しに聞いてみたの。先生、なんでスカートを短くしちゃいけないんですか？　って」

「へえ。先生は何て？」

月島は興味深げに聞き返してきた。

「ルールだからって」

淡々と説明したつもりだったが、そう言って先生の顔を思い出すと、胃がむかむかとした。何を言ってるの、西山さん。そんなこと当たり前でしょう？　という呆れた顔。

全く、国語の先生の癖に語彙《ごい》が少ないんじゃないかな。ルールだからって、説明になってないよね。私が愚痴《ぐち》ると、月島は急に立ち止まった。

「じゃあさ、なんでルールを守らなきゃいけないんだと思う？」

月島はいつも、ゲームみたいに言葉の意味を考える。私はツタヤの前で、少しだけルールについて考えてみた。

「うーん……例えば法律だってルールでしょう？ 法律が何で必要かは、分かるの。あの目眩《めまい》がしそうなくらいのたくさんの法律がなかったら、世界は野蛮になって……きっと自制が利かなくなっていく。私たちはきっと、とてもじゃないけど怖くて外へも出られなくなる。恐ろしさに目も開けられなくなる」

「目は開けられる」

月島は冷静に言いながら、ツタヤの扉を開けた。入ってすぐの所に、映画の新作がぴかぴかと輝いて並んでいる。

私たちはいつものようにそこを素通りして、旧作が並ぶ棚へと移動した。新作は高くて、借りることが出来ない。

「私ね、法律は必要だと思うよ。同じ土地の中でたくさんの人が住んでいたら、お互い安全に暮らすために、勿論《もちろん》ルールは必要になってくる。でも、スカートを短くしちゃいけないっていうルールは、どうして守る必要があるんだろうね？」

本当のところ、スカートを短くすることに、そこまでのこだわりはない。ただちょっと可愛いかなと思って、ウエストの所を二回ほど折り返してみただけだ。

そんなことよりも、実際はルールだからと言われて、その場でむすっと引き下がった自分の不甲斐なさに腹が立っていた。

「俺に怒ってどうするんだよ」

月島は困ったように笑ったが、

「じゃあさ、仮にスカートを短くしちゃいけないというルールがなかったとしよう」

と続けた。

旧作のDVDコーナーの前で、私はうん、と頷く。

「そうしたら、どうなると思う？」

「んー……」

私はスカートの長さが自由になった学校を想像した。ダンス部の女子たちは、下着が見えそうな程スカートを短くしそうだ。

「俺は、ガラが悪くなると思う。服装の乱れは心の乱れって、ロボットみたいに先生たちは言うけど、実際間違ってないと思う。第一ボタンまでしっかりとめて、ネクタイをビシッと締めてるヤンキーを俺は見たことがないから」

第一ボタンをだらしなく開けて、ネクタイもゆるゆるのまま制服を着ている月島が、そんなことを言うのは何だか矛盾しているような気がした。

「じゃあ、君はスカートを短くしたらみんなが不良になると思うの？　それはちょっと飛躍しすぎじゃない？」

「そんなことないよ。それがそのまま非行に繋《つな》がらなくても、そういうルールを外れた人間同士が集まって、一人じゃやらなかった事をしてしまう可能性はある。一人じゃ万引きなんかしなかったのに、一人じゃ煙草なんか吸わなかったのにって」

「確かに。じゃあ君は不良を寄せ付けているんだね」

月島は制服の着方だけでなく、ピアスもあけていたし、髪を金色に染めてもいた。勿論校則違反だ。しかもブレザーのポケットには、赤いＬＡＲＫの箱が入っている。

「ルールを外れた奴の匂いってあるんだよ」

そう言う月島の声が妙に大人びていて、私は目線をはずした。月島は時々、私の知らない世界を知っているような声で話をする。

「俺が思うのはさ、大人の言ったことを、揚げ足取りみたいに考えても何にもならないってこと。それは結局、言葉遊びに過ぎないと思う。実際のところは、先生たちも必要ないと思っているルールだってあると思うよ。でも、本当に重要なのは、ルールの意味じゃないんだと思う」

月島は校則を全然守っていないのに、どうしてそんなことを堂々と言うのだろう。私は拗《す》ねるように、

「じゃあ何が重要なの？」

と聞いた。店内に自分の声が響いている。

ツタヤは、他に客もなく閑散としていた。

「ルールを守ること、だよ。ルールの意味が重要なんじゃない。ルールを守るということに意味があるんだ、多分ね。学校ではそれを学べってことだろう」

淡々と月島は言った。でもすぐに、

「まあ、それが分かってても今のところは無視だ。そんなことは、そのうちだな」

と言って、少し得意げに笑った。

学校のルールなんか少しも守っていない月島が、達観したように言うのに私は驚いて、少しの間黙っていたけれど、結局私も笑った。

話しているうちに、スカートの長さなんて、どうでも良いことに思えた。

「それよりさ、なっちゃん、今日何かあった？」

「どうして？」

「電話に出た時、元気なかったからさ」

私は胸の中でつかえているものが、月島に透けて見えているのではないかと不安になった。誰かに話してしまうと、自分から感情が溢《あふ》れてしまいそうで、誰にも話さずに胸の中に留《とど》めていた出来事を思い出す。

私たちはツタヤから出て、歩き出した。

「最近ね。私の部屋からお金がよくなくなるんだ」

足は、自然とゲオの方に向いた。ツタヤの次はゲオ。いつものルートだ。

私たちはひとまず、二階にあるゲオへと上がる階段に腰を掛けた。一階のスーパーから出てきた大きな買い物袋を下げた女の人が、自転車に乗って前を横切っていく。

「最初は弟が持っていったのかな、と思った。気がついたら財布からお金がなくなって、そんなことが何度もあって、やっぱりどう考えてもおかしい、って思って……」

「最初は？」

月島の声が、僅《わず》かに高くなる。

「そう。最初は。でもこの間ね、またなくなってた。私はもう頭にきて、弟がまた私のお金とってる！　って家で大騒ぎしたの。そしたらお母さんがさ、びっくりすること言うんだよ。何て言ったと思う？」

階段に座りながら、月島は首を横にひねった。分からない。

「夏子、こんなことを言うのは何だけど。あなたね、エミちゃんが来た時に毎回お金がないって言ってるわよ。って」

エミというのは、私の中学の友達の名前だ。

彼女は学校帰りに家に来て、うちの本棚を物色するのが好きだった。そのまま夕飯を食べ、泊まっていくこともあった。

気になる男の子の話や、彼女の所属している吹奏楽部の話、行こうと思っている高校のことを、何時間も明け方まで話し込んだ。

月島に説明をしていると、思い出して涙がつつと頰を滑っていく。ただ事実だけを伝えようと思っていたのに、どうしてもそのときの感情が戻ってきてしまう。

「私エミにすぐに聞いてみた。話があるって呼び出して、道路沿いのマンションのところに腰掛けて、聞いてみたの。

あのさ、エミが私のお金を盗んでるなんて、そんなはずないと思うんだけど……。でもこれまでのことを思い出したら、あの日もだ、あの日もだって、あまりにタイミングが良すぎて、そうじゃないかって思い始めてる。そう言った。凄く嫌な気持ちだった。だって、話しながら本当は確信してたんだよ、私。あ、これは間違いなくエミなんだって。

それから、正直に言ってほしいんだけど、私のお金を持って行ったことある？　って言った。そしたら、エミ、ずっと、黙って……。長い間、ずっとずっと黙って。小さな声で、ごめんねって」

「そうか」

月島は深く息を吐いた。池上駅の前のロータリーに、何台かのバスが入ってくる。

「それは辛《つら》かったね」

そう言われると、涙が一粒ずつ、大きなしずくになって目からこぼれていった。スーパーの袋を下げた若い母親らしきひとが、心配そうにこちらを見ている。

「私、友達の作り方が、全然分からないや」

泣きながら自分で言った言葉は、あまりに情けなくて、悲しかった。

悲しい。

自分が誰かの特別になりたくて仕方がないことを、私は「悲しい」と呼んでいた。誰かの特別になりたくて、けれども誰の特別にもなれない自分の惨めさを、「悲しい」と呼んでいた。

誰かに必要とされたくて、誰かに大切に想われたくて、私は泣いた。

だからその時に、泣くほど欲しかった言葉をくれた月島のことを、私はすごくよく覚えている。

「お前の居場所は、俺が作るから。泣くな」

結局、その日はゲオに行くことはなかった。自転車は押して帰ろう。月島はそう言って、ゆっくり歩きながら家まで送ってくれた。

ティシャツの袖が涙で濡れていた。十四歳の夏のことだった。

二　ピアノ

その夜、私は月島に電話をかけた。居場所を作ると言ってくれた月島に、どうしても話しておきたいことがあった。

「私ね、ずっとピアノが友達だったんだと思う。嬉しい時も悲しい時も、誰よりもたくさんの時間を過ごしてきたから」

「なっちゃん、小学校でも弾いてたよね、ピアノ」

「知ってたの？」

「知ってるよ。体育館の掃除の時に、一人だけピアノの練習してるやつがいてさ。何であいつだけ掃除しないでピアノ弾いてるんだって先生に訴えたら、西山さんはコンクールがあるから練習しないといけないのよって返された。子どもながら、不公平だと思ってた」

確かに小学校の頃、掃除の時間にピアノの練習をすることを許可して貰ったことがある。でも、そこに月島がいたことも、月島がそんなことを感じていたことも知らなかった。

私は小学校に入学する前にピアノを始めた。学年が上がるにつれ、友達と上手くコミュニケーションを取れなくなってくると、その分だけピアノのそばで過ごすようになった。

「なっちゃんって、友達いなかったの？」

月島が唐突に聞いた。

「うん……。どうしてなのか、いつも上手くいかなくて」

「じゃあいじめられてたの？　画鋲《がびょう》とか椅子に置いてあったりした？」

月島は茶化《ちゃか》すように言った。私はとっさに非難するように携帯電話を握りしめた。どうしてそんなことを笑って聞けるのか、全く理解出来ない。

「何で茶化すの？　全然面白くないよ」

「いやあ、本当に画鋲が置いてあったら漫画みたいだなと思って」

「置いてあったけど、面白くなかった」

「置いてあったんだ」

月島は笑いをこらえるように、大げさに咳《せ》き込んでみせた。信じられない。居場所を作ると言ってくれた月島はどこへいったのだろう。

「私は本気で悩んでるんだよ。友達が欲しくて色んな方法を試したんだけど、いつも失敗する。私のやり方の何がそんなに駄目なのか、正直……よく分からない」

自分で言いながら、また悲しくなってきた。惨めだ。こんなに友達が欲しいと思っていても、私の友達になりたいと思ってくれる人はいない。声が震えそうになるのを抑えていると、月島は私の悲しみを遮《さえぎ》って、

「そう？　俺は分かるけどね」

と言った。

どういうこと？

あっけらかんと言い放つ月島に、呆然とした。

「だってなっちゃんって、生意気でむかつくもん」

月島は、迷わず言い放った。どこか楽しそうにも聞こえた。


小学校二年生になった頃から、まわりの女の子たちと上手くいかなくなった。そういう時の正しい反応というのは、どういうものなのだろうか。私の場合は、泣いたり、悲しんだそぶりを見られたら、この戦いに敗れる、と思っていた。小学校。それは戦場だったのだ。

学校へ行くと、まずゴミ箱の中から上履きを探さなくてはならなかった。悲しくて、涙が溢れてきそうな気分をぐっと飲みこむ。悲しい気分は、ほんとうに唾を飲み込むように飲み込むと、上手く落ち着くことが出来る。

上履きが見つかると、次はたっぷりと空気を胸に入れて、教室の扉を開ける。がららら。扉が開く音は、戦争が始まる合図だった。

自分の中で幾つか決め事があった。例えば、自分の机へと向かう時に、誰とも目を合わせてはいけないということ。上履きを隠された悲しみを悟られたら、笑い者になるからだ。

席にたどり着いても、注意深く椅子や机を観察しなくてはいけない。画鋲はないか。ゴミが置かれていないか。罠にかからないように、ゆっくり座席につく。

張り詰めた戦線を渡り歩き、ようやく自分の席に座った私は、ランドセルの中に入っている教科書を入れるために引き出しを開けた。

すると何も入っていないはずの引き出しには、アルファベットが書かれた一枚の紙が置かれていた。

「SHINEBAIINONI」

小学校二年生の私は、まだアルファベットが読めなかった。クラスのほとんどの生徒もそうだ。

良いことが書いてあるはずがない。それだけは予感していた。そのまま破いて捨ててしまえばいい。そう思うのに、どうしても何が書いてあるか気になってしまい、アルファベットが読める杉山君のところにその紙を持って行った。

杉山君は、私が仲間外れにされていることに特に関心を持っていない。

「これ、何て書いてあるか分かる?」

「あー。アルファベットを読む表があるよ」

杉山君は塾で貰ってきた参考書を取り出して、一文字ずつ丁寧に読んでいった。すると、次第に周りの男子たちも集まってきて、何これ何これ? 誰が書いたの? と口々に一枚の紙を回している。

「し…ね…ば…い…い…の…に…」

死ねばいいのに。杉山君は読み終えると、気まずそうに紙を私に返した。集まってきた男子たちも、急にしんと静まって、小さな声で囁《ささや》き合う。

死ねばいいのにって、やばくない？　誰だよこれ書いたの。もしかして呪い？

え、呪いだったらやばいじゃん、俺さっき西山の机触っちゃったよ。

こわーい、呪われてる人が同じクラスなんて。えー私なんか後ろの席だよ、超イヤなんですけど。

男子と混ざって、女子も一緒に言い合っているのが聞こえた。

「くっだらない」

私はみんなに聞こえるように笑って、紙をそのままゴミ箱に捨てた。

ガラッとドアを開けて、先生が教室に入ってくる。

おおい、席を立ってるやつ誰だ〜。西山、早く席戻れよ〜。

陽気な声が乾いた教室に響く。私は席について、また唾を飲み込んだ。

学校が終わって一人で家路につく。両親が共働きの私は、鍵っ子だった。

当時は小さなアパートの三階に住んでいたので、西山と書かれたポストを一階で開けてから、３０３号室へと階段を上がっていく。

古いコンクリートで出来たアパートの階段は薄暗く、かび臭い。時々チンと音を立てていたり消えたりする蛍光灯のせいで、階段はより不気味に見えた。エレベーターなどないので、３０３号室までは階段のコーナーを何度も曲がって上がって行かなくてはならない。その度に、誰かいるのではないか、お化けが出るんじゃないかとびくびくしながら、分厚い革で出来たランドセルの肩の部分を握る。鍵を回して、扉を開ける。がちゃりという音がコンクリートに響くのも怖くて、嫌いだった。

がちゃり。

その瞬間に、涙がぽろんとコンクリートに落ちて、灰色に黒っぽい丸い跡を作る。もう、そこからは止まらなかった。

玄関で乱暴に靴を脱いで、拳を握りながらまっすぐ歩いてリビングへ行き、ソファにあるクッションを顔にあてて、叫ぶ。言葉にならない悔しさや、悲しさ、惨めさを。死ねばいいのに。

獣のように叫んだあとは、リビングにあるピアノの椅子に座り、鍵盤のふたを開けて、グーでめちゃくちゃな音を出す。

小学校一年生になって、母に頼み込んで買ってもらったピアノ。幼稚園から帰って、覚えたてのひらがなで手紙を書いて、やっと習わせて貰えることになったピアノ。宝物のはずのピアノ。それに向かって、誰かを殴るみたいに、上から拳を振り下ろす。

死ねばいいのに。

顔面をグーで殴るみたいに、何度も上から拳を振り下ろす。白鍵《はっけん》も黒鍵《こっけん》も同時に押すせいで、不協和音が家中に響く。

叫び声をあげると、涙が鍵盤の上にぼとぼとと落ちていった。

鍵盤の隙間に落ちた涙が、鍵盤の白色でも黒色でもない、木の部分の色を少し濡らしていた。壊れちゃえ。もう、壊れちゃえばいい。みんなみんな、壊れちゃえばいいんだ。

そう思いながら、泣き疲れるまで、自分の悲鳴のような不協和音を鳴らし続けた。


私は話をしながら、濡れた鍵盤を思い出して胸が詰まった。惨めで、一人ぼっちだった小学校の時間。どうしたらいいのか分からずに、泣き続けていた日々。

月島は私の話を聞きながら、時々ふーんと相槌《あいづち》をうっていたが、急に、

「みんなから嫌われてるやつのこと、俺、嫌いじゃないよ」

と明るい声で言った。

「そんなこと言われても、私はみんなから好かれたいよ……」

「じゃあ、その自分のことしか考えていない所をどうにかした方がいいね」

「自分のことしか考えてない？」

「自分で分かってない？」

月島が驚いたように私に聞いた。そんなことを、はっきり言われたのは初めてのこと

だ。

「なっちゃんは、悪いのはいつも他人だと思ってるように見えるよ」

月島は平然と言った。

そう言われてみると、確かに私には自分の非について考えた記憶があまりない。

小学校の時も、いじめた側の気持ちなど考えたこともなかったかもしれない。私はいじめられた側で、悪いのは自分ではない。お金を取られた被害者で、悪いのは自分ではない。

いつも自分だけが被害を受けているような気がして、泣き続けて、どうして仲間外れにされるかを、友達に裏切られてしまうかを、考えたことはなかった。

でも自分にも悪いところがあるかもしれないなんて、誰も教えてくれないのに、どうやって考えることが出来ただろう？

私が落ち込んでいると、月島が急に穏やかな声で言った。

「いいじゃん。俺は寂しそうなやつって、魅力的だと思うよ」

「どうして？」

「仲良くなれるからさ」

まるで友達の出来ない私が特別な存在みたいに、月島は言った。

月島の言葉は、初めて聞くものばかりだ。ストレートで、酷《ひど》いことも言うけれど、でも、いつもどこか温かい気がした。

三　図書館

月島が中学を卒業した。彼のいなくなった学校で、私は中学三年生になった。

私は失《な》くしたものを探すように、学校で月島がよくいた吹き抜けの階段を眺めていた。この間まで、ここに座っていたのにな……。

高校生活が始まると、月島はぴたりと連絡をしてこなくなった。

数ヶ月経っても連絡がないので電話をかけてみると、長いコールのあと、月島は電話に出た。そして鬱陶《うっとう》しそうに、

「今友達といるから」

と言って、私の返答も待たずに電話を切ってしまった。それから一度も連絡を取っていない。

授業が終わり、時間を持て余している私は、ひとり図書館へ向かうことにした。図書館は自転車で十分ほど行ったところにある。

私は図書館で気になった本をぱらぱらとめくるのが好きだった。借りてまで読む気にはなれないが、めくっているくらいが丁度いい本、というのは案外たくさんある。

私はエアコンのきいた図書館のなかで、『犯罪心理学入門』をがばっと開いて真ん中から読んだり、『楽しい折り紙』というカラフルな本を取って、小さな鞠《まり》の作り方の図

解を眺めたりした。

こういうのって、図で見るより人に教えて貰う方がずっと簡単だ。数学の問題のような難解な図形を閉じて、本棚に戻した。月島がいなくなってから、こんな風に一人で過ごす時間が増えている。

自動ドアが開いて、ふっと生暖かい風が吹いた。新しい本を探しながら何気なく目をそちらへやると、制服姿の月島の姿が見える。私は驚いて、目をこすった。やっぱり月島だ。動揺で、何度も瞬《まばた》きをしてしまう。

彼は私を見つけると、驚いたように手をあげた。

「おお、久しぶり」

声をかけられても、すぐに声が出ない。金色に染めた髪と学生服という姿は図書館に全然とけ込んでいなくて、よく目立っている。

変わった。私は月島を確かめるように見た。制服が変わったからかもしれないが、少し大人っぽく見える。私は本棚の間から出て、彼のそばへと駆け寄った。

「久しぶりだね……。高校はどう？」

「ああ。普通だよ」

月島は図書館を出て、周りを囲んでいる石垣に座った。

私は後ろをついていきながら、冷たくなった手を握って、言葉を探してみる。何か話したい。でも、以前とは違う月島の雰囲気に、戸惑っている。

「高校では何か新しいことはあった……？」

たった数ヶ月前は何の気も使わずに話せたのに、私の質問は二人の間でぎこちなく響いた。

「別に。何もないよ」

月島は機嫌が悪そうに返した。そして、ため息をつきながら「つまらない」と付け加えた。

「つまらない？」

「ああ、つまらないよ」

月島は怒っているみたいに見える。どうしてそんな話し方をするのか分からなかったが、これが高校での月島なのかもしれない。

「どうしてつまらないの？」

「頑張る理由が見つからないから」

月島が唾を吐くように言う。そんなことを聞いた私に、喧嘩をふっかけているような言い方にも聞こえた。

「ねえ……私は思うんだけど。頑張る理由って、明確じゃなきゃいけないのかな。前に、君が言った話、覚えてる？ ルールに意味がなくても、学校ではルールを守ることを学ぶんだって。じゃあ、高校で頑張る理由が見つからなくても、高校では頑張ることを学べばいいんじゃないの？」

私は話しながら、自分の中から言葉がスラスラ出てきたことに驚いた。月島と以前に歩きながら話した事が、鮮明に身体に残っている。心の中で小さく喜びを感じた。月島の言語が自分の中で生きている。

私が満足げに月島の方を見ると、彼は面倒くさそうにため息をついた。

「頑張ることを学ぶにしては、あまりにも大変すぎるんだよ」

言葉を吐き出すことさえ面倒くさがるような言い方だった。

「何が大変なの？」

「朝起きることも、勉強することも、何かもう、全部。頑張ることを学ぶっていうだけの目的じゃ、全然頑張れる気がしない」

「前に、君が私に言ったことなのに」

私は得意げに言った。また以前のように言葉の意味を考えるゲームが始まる、と思った。でも月島は私の満足げな顔に気がついたのか、

「だから何度も言うけど」

とため息をついてから、

「言葉遊びをしたって仕方がないだろ。なっちゃんはいつも、正しいことが正解だと思い過ぎなんだよ」

と言って、石垣から立ち上がった。

私も慌てて立ち上がると、月島は私のそばから離れて、道路へと歩いていった。月島

が石を見つけて、電柱めがけて蹴る。ガンと音をたてて、石が反対側に跳ね返った。

正しいことが正解だと思い過ぎている。どういう意味だろう。月島の言葉が頭の中で、繰り返される。

「君は学校、ちゃんと行ってるの？」

「最近はほとんど行ってない。行く理由が特に見つからない」

「そっか。私は行ってるよ。君がいなくなったつまらない中学校に」

「お前は、前からそういうヤツだろ」

月島が私のことを「なっちゃん」ではなく「お前」と呼んだ。そして彼が私のことを「お前」と呼ぶ時は、大体、悪意が混ざっている。

「何が言いたいの？」

「自分でも分かってるのに、俺に聞くの」

「私は音楽の高校に行きたいって決めてる。だからそのためにやるべきことを、やってるだけだよ」

そうだ。私は子どもの頃からピアノを習ってきて、この先もクラシック音楽を勉強したいと思っている。それの何が悪いというのだろう。

「俺は別に責めた訳じゃないよ。ただ、そういうヤツだろって」

「私が、ただ真面目に学校に通うつまらないヤツだって言いたいの？」

「そんなこと言ってないだろう。やりたいことがあって、それに向かって頑張ってるなら、いちいち突っかかってくるなよ」

「君が突っかかるような言い方したんでしょ？」

「自信があるなら、何と言われても、それでいいだろ」

「私は」

私は、と言いかけて、口を閉じた。

突然、心に刺さっている小さなとげの存在に気づいてしまったのだ。

私は一体何のために日々の生活をしているのだろう？

例えば毎日朝起きて、学校へ行くこと。テスト期間になったら、嫌いな数学も頭に詰め込むこと。用意された当たり前の日常の中で、ベストを尽くすこと。

果たしてそれらは、本当に自分の選択だったのか。本当に自分の意思だったのか。ただ何も考えずに、ベルトコンベアーに乗せられて、何のためかも分からずに受けたテストの点数に、一喜一憂しているだけではないのか。

私は静かに月島を見た。月島は自動販売機でお茶を買って、その場にあった駐車場のタイヤ止めに腰をかけている。私も隣のブロックに腰をかけようと、つるりとしたアスファルトの上のごみを手で払った。

月島はペットボトルを右手で持って、喉仏を大きく上下させながらお茶を飲んだ。一気に飲むせいで、ペットボトルがべこっと潰れる音がする。

「俺はみんなと同じように出来ない」

一気に息を吐いた後に、悲観的なのか、楽観的なのか、どちらとも言えない言い方で月島は言った。

私は、沈黙した。そんなことないよと慰めるべきなのか、それって特別な才能があるんじゃないと励ますべきなのか分からない。すると月島は素っ気なく「出来る気もしない」と付け加えた。

「だったら、それでいいんじゃないの？」

「そう簡単にはいかないよ」

「何が気になるの？」

「みんなが乗ってる列車に乗れない人生は、非難されるから」

ふと、月島は誰から非難を浴びたのだろうと思った。先生だろうか、両親だろうか。友達かもしれない。もしかしたら、それは月島自身なのかもしれない。少なくとも、みんなと同じように努力出来ない自分自身のことを、月島は悩んでいるように見える。

外は少し肌寒く、春に芽吹いた緑たちが、葉を揺らしていた。言葉が切れると、風の音に混じって、木の枝がうねる、ざざざという音がする。

「みんなが乗ってる列車っていうのは、学校に行ったり、勉強したりするってことでしょう？」

「そうだよ」

「ただ頑張る。理由もなく頑張る。ってことが出来ない？」

「そうだね」

私には、月島の気持ちを本質的に理解することは出来なかった。確かに学校は好きにはなれないが、頑張ることよりも、頑張らないことの方がずっと怖い。みんなが学校に行っている時間を家で過ごしていると、自分だけが置いていかれるような気分になってしまう。

「みんなが出来ることを、どうして君は出来ないんだと思う?」

「そんなの、俺が聞きたいよ。どうしてみんなは、数学の研究者になりたい訳でもないのに数学を勉強したり、スポーツ選手になりたい訳でもないのに部活を頑張ったり出来るのか、俺には分からない」

月島がアスファルトの上の油っぽい石を靴で踏んだ。じゃり、という音を立てて、石は小さな破片になる。

「じゃあ、君は何がしたいの? 勉強もスポーツもしたくない。その上学校にも行かなくて」

「分からない。でも学校に行ってもつまらないだけだし、努力をしようとも思えない。どうしても頑張る意味が見つからない」

私は駐車場のごつごつした黒い石の隙間を見ながら、ため息をついた。どうしてそんなにはっきりと言えるのだろう。頑張る意味が見つからない、なんて。

「君にも、焦りはあるの?」

「当たり前だろう」

「学校を休んでると、置いて行かれるような気分になったりする？」

「そりゃあそうだよ。でも、置いていかれるって言うか……」

言葉の先を探るように月島のことを見ると、下を向いた目が少し斜視になっているのが見えた。月島はいつも、何かを考えているときに目の焦点が合わなくなる。

「むかついてる」

誰に言っているのか、分からないような言い方だった。

「むかついてる？　誰に？」

「誰にって訳じゃないけど、強《し》いて言えばみんなに。世間に。悔しい。むかついてる」

「どうして？」

「どうしてって。そんなの、甘えてると思われてるからだよ。人生つまらないのに、その上他人に甘えてるって罵倒までされる。大損だよ。そりゃ、むかつくだろ。決められたレールを走ってる列車にみんなが乗ってて、そこからこっちを見て言うんだぜ。勉強やんなよ、ちゃんと学校に行きなよ、朝起きれないなんて子どもじゃないんだから。とかさ。糞くらえよ」

月島は油っぽいアスファルトに唾を吐いた。

私は何と答えたらいいか分からなかった。一体何を言ったら彼のためになるのかが分からなかった。

こんなにも怒りをむき出しにする月島に、何か言葉をかけてあげたい。今月島の隣で、月島の気持ちを聞いている人間として、価値のある答えを言ってあげたい。でも、いくら探しても、私の中に正解は見つからなかった。正しいことがいつも正解なわけじゃない。だとしたら、正しいことが正解じゃないときは、一体何を正解と信じて歩いていけばいいのだろう。

私が言葉を探していると、夕焼けが落ちて、駐車場は瞬く間に暗くなっていった。タイヤ止めに腰を下ろしたまま、空の色が変わっていくのを見上げる。

隣で聞こえる息遣いが、静かに時刻を刻んでいった。門限はもうとっくに過ぎている。本当は気づいていたが、出来るだけ長く隣にいたかった。

「もう帰らなきゃ」

私が言うと、紺色の空をカラスが横切っていった。

「そうだな」

月島はお尻についた砂埃《すなぼこり》を払って、立ち上がった。

自転車のペダルを踏み、家へと向かう。月島と別れてからも、胸の中が重苦しかった。むかついていると言って、唾を吐いた月島。まるで学校へ行っていない月島の方が正しくて、私の方が間違っているような気分になってくる。

確かに、私は学校へ行く理由なんてなくても、学校へ通ってきた。いじめられて、学校なんて消えてくれと願った日さえ、私は学校へ通い続けた。今思うとそれは、みんなが乗っている列車から降りるのが怖かっただけなのかもしれない。

急に自分がつまらない人間のような気がして、ペダルを踏む足を止めた。

胸に刺さった棘《とげ》。

嫌なことは嫌だと言い、つまらないことはつまらないと言い放つ月島の姿に、私は驚きながらも、問いかけられているような気分になったのだ。

お前は自分で選んだ人生を生きているのか？　と。

誰かと同じように学校に通い、誰かに言われたから勉強をして、誰かが敷いたレールの上を走る列車に、何の疑問も持たずに乗っているだけではないのか？　と。

学校がつまらないと言い、努力もしていない月島の言葉が、どうしてこんなに胸に刺さるのだろう。でも、月島が学校を拒否する理由ほど明確なものが、私の学校へ行く理由には見つからなかった。かと言って、では学校を休めばいいという訳でもない。

私はもう一度ペダルを漕ぎ始めた。月島と話していると、正解が分からなくなる。何かが胸につかえたような気分になり、それを取り出してしまいたくなる。自分でも気づかなかった自分の中に刺さっている棘の存在に気づかされて、対峙《たいじ》せざるをえなくなる。

頭の中で同じことを繰り返し考えながら自転車を走らせていると、何台もの車が私を追い抜いて行った。その度に自転車を減速させて、ため息をつく。月島はもう家に着いただろうか。あたりはもう真っ暗になっていて、空には薄い三日月が張り付いていた。

家に帰って玄関を開けると、母がカンカンに怒っていて「うちの門限は八時って、あんたは知らんかったんか」と、関西弁でまくしたてた。

大阪生まれの母はいつも関西弁だが、怒るとそのアクセントがよりきつくなる。私は母に謝りながら、自分の部屋のドアを開けてベッドに倒れ込んだ。

まだ何かが、胸につかえている。

月島が帰り際に言った「好きな子がいるんだ」というのも、多分。

四　距離感

帰り際、月島は暗くなった空を見上げながら、立ち止まった。そして、思い出したように、

「そういえば俺、好きな子がいるんだ」

と言ったのだった。

好きな子がいるんだ。ざざざ。ざざざ。風が吹いて、木々が頭上で揺れていた。

「あ、そうなんだ」

私は動揺していると思われたくなくて、即座にそう言った。そして、妙に明るい声を出した。

「もっと早く言ってくれたら良かったのにな、そんな……楽しい話！」

「別にそんな面白い話でもないけど」

月島はぶっきらぼうに言いながらも、少し嬉しそうに見えた。もっと色んなことを話したそうだ。

「それで、君の好きな人は、同じ高校の人？」

「そう」

「同じクラスの人？」

「そう」

私は、月島が高校に行って恋をしているところを想像した。授業中、後ろから眺めたり、帰り道、一緒に帰ったりしていたのだろうか。

好きな人がいるなら、どうして学校がつまらないなんて言うのだろう。普通はそれだけで、学校生活を楽しめそうなものだ。

「なっちゃん、どうしたの?」

「いや、どうもしてないよ。君が好きになる人は、どんな人なのかな、と思って」

私は咄嗟《とっさ》に口にした言葉に、自分でも驚いた。聞いてみたい気持ちは確かにあるが、同じくらい、答えを聞きたくないとも思っている。動揺すると、余計なことを聞いてしまう。

「あー。どんな人、かあ」

月島が考えているのを見て、私は唾を飲み込んだ。どんな人なのだろう。心臓が嫌な音をたてて鳴る。すると月島は口元だけで笑いながら、

「少し、なっちゃんに似てるよ」

と言った。

息が止まる。駐輪場がすぐ目の前に見えているのに、まだここにいて、その話をもう少し聞いてみたくなった。聞いてみたくないけれど、聞いてみたい。足が急に重たく感じられる。

月島は私の困惑など気にする様子もなく、かちゃりと自転車の鍵を開けて、サドルに乗った。図書館に来ているのに、月島はバッグも何も持っていない。何故か今更そんなことに気づいて、男の子は身軽なんだなと驚いていると、彼はじゃあな、と言ってペダルを漕ぎ始めた。

咄嗟に鍵を手に持ったまま手を振ると、月島の姿は一瞬で見えなくなった。私は呆気《あっけ》にとられたまま、図書館の駐輪場で、握りしめていた鍵を、ゆっくりと自転車の鍵穴に差し込んだ。ざざざ。木々を揺らす風が、私を置いていくように流れていった。

少し、なっちゃんに似てるというのは、どういう意味だったのだろう。

顔が似ているのか、それとも性格が似ているのだろうか。

「似てるって……」

私はベッドの中で独り言を言った。似ているとはどういうことなんだろう。家のガレージの匂いは、夜の匂いと似ている。風の音と波の音は似ているだろうか。ざざざ。ベッドの中で私の心が揺れる。

私は月島が私の中にある何かが好きで、同じようなものを持っている他の女の子のことを好きになっていたらいいのに、と思いながら、眠りについた。

月島と初めて二人きりで会ったのは、私が声をかけたすぐ後のことだった。

連絡を取り始めると、月島はすぐに二人で会おうと誘ってくれた。

一つ年上の男の子と二人きりで会うということは、どんな十四歳の女の子にとっても、特別なことだ。

月島と会う約束が決まってから、私はすぐに洋服簞笥《だんす》を開けた。男の子と二人で会う時に、一体どんな格好をしたらいいのだろう。まだ自分で服を買ったことがなかったので、母が気まぐれに購入してきた服を一枚一枚合わせてみることにした。

こんな事なら、自分で服を買いに行けばよかった……。

組み合わせを考えずに母に買ってこられた服は、何を着てもアンバランスになった。色んなパターンを試してみるものの、鏡で自分の姿を見ていると、何だか無性に息が詰まってくる。今まで、そんなことにも気づかなかった自分に落胆した。お洒落が何か分からないのに、今自分が着ている服がお洒落ではないことだけが分かってしまう。

私はため息をついて、着ていたスカートやシャツを畳んだ。今、母が私の部屋に入ってきたら、音楽室にかけられたベートーヴェンの肖像画のように険しい顔をして衣服を畳む娘を発見することになるだろう。服を畳みながら、人はなぜ服を着るのかと考える。西山夏子、十四歳。お洒落な服が欲しくなる。

約束の日、家の前まで迎えにきてくれた月島は、私を見て、

「何かいつもと雰囲気が違うね」

と言った。いつもは制服なんだから、雰囲気は違うに決まっている。確かに私の格好はお世辞にもお洒落とは言えず、反応に困っていたのかもしれないが、いつもと雰囲気が違うのは月島の方だった。

月島の私服を見て、彼は私よりもずっと前にお洒落な服が欲しいと思ったのだろうと確信した。

着慣れた服に袖を通している月島は、自分よりもずっと多くの世界を知っているみたいに見える。月島からすると、私がまるで世界を知らない子どものように見えるだろうか？　私は自分の着ているアンバランスな服を見て、居心地の悪さに下を向いた。

「早く来いよ」

月島は面倒くさそうに後ろを向いて、先に歩いて行った。右手で自転車を押している。

「あ、待ってよ」

不安な気持ちをどうしていいのか分からないまま、私は月島の背中に向かって走った。慣れていない靴を履いたせいで、足の小指が擦《こす》れて痛い。

「ちょっと待って、はやいよ。ねえ、どこに行くの？」

走りながら、手先がどんどん痺《しび》れていくのを感じた。一歩足を前に出すたびに、胸の鼓動が激しくなる。何だか呼吸が浅い。

どうしたんだろう。落ち着け落ち着け。緊張をほどこうと空気をたくさん吸うと、涙がじわりと溢れてきた。

頭の先から足の先まで、細胞が生まれ変わっているみたいだ。同時に、世界がコマ送りで映写された。前を歩く月島の出す右足と左足が、かくかくと動いて進んでいく。

何だろうこの世界は。何だろうこの世界は!

玄関から、少し進んで歩いていた月島のいるところまでの、なんてことない十メートル。

十四歳の私は、恋に落ちたのだった。

映画のような十メートルを走り抜けた後、私は具合が悪くなった。恋とは風邪みたいなものなのかもしれない。熱に浮かされている時のようにぼうっとしていて、それ以降のことを上手く思い出せない。

私はあの時に、確かに恋に落ちたはずだ。でも確かなのはあの時の衝撃と、それを誰にも言えずにいるということだけだ。

図書館で会った日以降、月島は高校をさぼりながら、また私に電話をかけてくるようになった。

学校に時々しか行かず、不規則な生活をしている月島は、家族が寝静まった後に電話をかけてくることが多い。でもそれは、私にとっても嬉しいことだった。

中学三年になってから、ベッドに入っても眠るまでに時間がかかるようになった。眠らなくては、早く眠らなくては……。

そんなふうに焦ってしまう時に月島からの電話が鳴ると、ピンと張った糸が緩んで、呼吸が徐々に深くなる。

「俺、この間昼間から学校へ行って、国語の授業に出たら短歌を書けと言われて、書いたんだよ。それで今日行ってみたら、なんと学年投票ランキングで二位になってた。人生で初めてのランクインだよ。小学校の頃、速く走れたり速く泳げたりするやつがいつも表彰されてて、校庭でそれを聞きながら砂の山を作ってたことを思い出したよ。でも、なってみると思うね……二位かよ！　ってさ。一応初めて表彰されたしと思って、家に帰って親父にも報告したんだけど……」

「お父さんは何て言ってた？」

「なんか……心配された。お前、多感過ぎて生き辛くないかって。普通、そこはおめでとうじゃないか？　と思ったけど。でも、国語の先生がやたらと褒めてくれたんだよ。月島君、才能あると思うわよって」

「私もあると思うよ。才能」

本当にそう思っている。月島は、誰にも言われたことのない言葉を、何度も私にくれた。良い意味でも悪い意味でも、あんなにストレートな言葉たちを紡げる人を、私は他に知らない。

「俺が？　何の才能？」

「人を傷つける言葉を選ぶことにかけて、天才的でしょ」

私は茶化すように言った。友達が出来ないんだと悩む相手に、だってなっちゃんは生意気でむかつくと言える人間も、私は他に知らない。

「何のことだろう。嘘のない言葉を選ぶ才能のことかな」

二位をとったという短歌は、例の「好きな子」との出会いを詠んだものだと月島は話していた。

「ねえ、愛って何だろうね」

私は月島に聞いた。月島は電話でも、いつも楽しそうに好きな人の話をする。私はそんな話を聞いているのが好きだった。それは、月島のことが好きだからだ。この気持ちのことを、何と呼べばいいのだろうと、私は時々考える。

「俺も何だろうって思うよ。これかなと時々思っても、どんな状況にも当てはまる言葉はなかなか見つからない」

月島が好きな人のことを話している時に、時々泣いてしまいそうにもなる。この気分のことは、愛とは呼ばないのだろうか。私は、これこそが愛のような気もするし、これこそが愛から一番遠い感情のような気もするのだった。

「じゃあ、愛ってどんな感じ？　イメージはある？」

「なっちゃんはどうなの？」

「私は、恋と愛の違いが何なのかまだ分からない。でも、どちらにせよ凄く激しいイメージ」

「どういうこと？」

「それはそれは激しい闘いなんだよ……」

私は、泣いてしまいそうな気持ちと、楽しくて仕方がない気持ちが胸の中で交差することを喩《たと》えて言った。月島と話していると、両極端の気持ちがいっぺんに押し寄せて、その波にのまれてしまいそうなことが何度もある。

「何対何のだよ」

月島は笑いながら、聞き返した。人の気も知らないで、まったく。私は笑ったが、いつもの言葉の意味を考えるゲームが始まった。

「私ね、恋をしていると、自分の衝動と理性が闘っていると思う。何かをしたいと思う気持ち……例えば今電話をかけたいとか、会いに行きたいとか、キスをしたい、とか。そんな風に思う衝動と、したら駄目だと思う気持ち……今電話したら迷惑かなとか、会いに行っても夜遅いよなとか、まだキスをしたら駄目かな、とか思う理性。そのバランスの中で、したら駄目だと思う気持ち……理性の方が勝ってる方が、何だか愛のような気がしてる。……今はね」

月島と話していると、時々この気持ちをどう伝えたらいいのか、言葉に詰まる。たとえ好きだと言うことは出来ても、月島のまわりにいる女の子たちに本当は嫉妬をしていると言うことは出来ない。時々、その女の子たちに罵詈雑言《ばりぞうごん》を浴びせてしまいたいような憎しみにかられることも。

　愛や恋。私の中でそれらは、突然の豪雨みたいなものかもしれない。予期せぬ雨の中で、降り注ぐ感情の中で、私はいつもびしょ濡れになってしまう。身を守る屋根を見つけなくてはならなくて、それが私にとっては言葉なのだ。だからいつも、自分が濡れなくてすむ場所を探して、月島に話しかける。

「君はどうなの？」

「俺はそもそも、そんなに自分の中で闘う程の何かがないよ」

「愛や恋のことを考えた時に？」

「そんなに驚くことかな。俺は誰かに会いたくて胸が痛いとか、キスしたくてたまらないとか、そういう気分にならない」

「短歌まで詠んでるのに？」

「なっちゃんの言ってる感情とは全然違うんだよ」

　私は月島の言っている意味がよく分からなくて、納得がいかない、という意味で、うーんと声を出した。

　好きな人がクラスにいて、その人を詠んだ短歌を先生に褒められたのに、月島はどこか冷めている。夜中に私に電話をかけてきて、楽しそうに話をするのに、どこか退屈している。

「俺は何だかいつも、一人だなと思う。誰かのことで頭がいっぱいになったりしない。

それは自分が冷静だって訳じゃないよ、ただ何だか、一人なんだよ。友達もいるし、家族も優しいし、でもどれだけたくさんの人といても、一人なんだよ」

「全然分からない。でも電話している相手に、俺はいつも一人だって言われると、ちょっと悲しくなる」

「ただ、違うってだけだよ」

「人を好きになるってこと、まだ分かってないんじゃないの？」

「そうなのかもな」

月島は笑っていた。彼と話していると、驚くことがたくさんある。こんなにも、自分の中にはない感情を当たり前のように他人が持っていることを、私は今まで知らなかった。私は月島と話すまで、人間は皆自分と同じように出来ていて、同じような感覚を持っていると思っていたのだ。

「君って、私と全然違うんだね」

「なっちゃんが二人もいたら大変だよ」

「どういう意味？」

「褒めてるんだよ」

月島と話すことが楽しい。一緒にいる時間が楽しい。本当はそれだけでいい。恋人になれなくても、嘘のない言葉を話し合える相手でいられるなら、それだけで充分だ。

私は電話を切ってから、そう自分に言い聞かせた。

五　ふたり

私たちの関係を、どんな言葉で表したらいいのだろう。

月島は時々、気まぐれに私のことを恋人と呼ぶことがある。例えば偶然出会った友達に紹介する時や、どうして私が家に遊びに来ているのかを親に説明するために。それは明らかに手間を省くためのものだったが、私は紹介されている傍《そば》で、いつも驚きを隠せなかった。

恋人？

私は戸惑いながらも、月島の気まぐれを密《ひそ》かに嬉しく思った。他人の前だけでも、恋人と呼ばれると、身体の内側がくすぐったいような喜びで溢れていく。

でも、それだけだ。もしも恋人であることの明確な定義があるのだとしたら……例えば、嫉妬する権利を持ったり、当然のように他の女性との関わりを禁じたりすること、など。

私たちの関係は、それらの定義を満たしていない。

夜、ご飯を食べ終わってリビングでテレビを見ていると、月島が電話をかけてきた。

「よう」

いつも通り、特に用もない。私はテレビを消して、電話機を持って自分の部屋へと戻った。中学に入ってアパートから一戸建てへと引っ越すと、ピアノは自室に置くことになった。私はピアノの椅子に座り、背もたれに身体を預けながら、話題を探す。

「今日は高校に行ったの？」

「行ってない。起きたら昼だった」

日に日に高校へ行く頻度が下がっている月島は、学校へ行かない時間、自転車でふらふらと出かけているらしい。どこで何をしているのかと聞くと、今日は多摩川の近くの団子屋で団子を買って食べたのだという。

学校をさぼって団子を食べる人生があるとは。驚きながらも、自分が授業中であるはずの時間に制服のまま団子を食べているところを想像した。非現実的だ。でも、何だか胸がどきどきする。

「そういえば、君は高校に入ってから、軽音楽部でバンドを組んでたでしょう？　それはやめちゃったの？」

月島は高校に入ってすぐに、軽音楽部に所属したはずだった。月島のパートはボーカルで、同級生のバンドメンバーがいるはずだ。でも、ほとんど練習の話を聞いたこともなければ、ライブの予定もない。一体どうなっているのかと私は質問した。

「どうもしてないよ。みんなやる気がある訳じゃないし」

「そうなの？　もったいないね。せっかくバンド組んだのに」

「別に俺もそんなにやりたい訳じゃないしなあ」

月島は気だるそうな声を出して、あくびをした。

「何だかなあ。俺、何にもやる気が出ないんだよ」

バンドがいつの間にか自然消滅していたのは、月島の生活を見れば明らかだったが、何に対しても努力をする姿を見せない月島に、私は不安を覚えていた。

「どうして君はそうやる気がないのかな」

客観的に見れば、月島はただの怠け者だ。でも、そばにいると、ただ怠けているだけではないような気もしてくる。ただの怠け者でなければいいと願っているから、そう見えるだけなのかもしれないけれど。

月島は温度のない声を出した。

「どうしてって……何もかもがつまらないからだよ。俺からすれば、みんなが一体何が面白くて人生を生きているのか全く見当がつかない」

「何もかも？　高校だけじゃなくて？」

「そうだね」

「何もかもって、具体的には何のことなの？」

「具体的も何も。何もかもは、何もかもだよ。起きて眠ってる時間も含めた、全て。生きていることが本当につまらない」

何もかも。何もかもがつまらない。生きていることがつまらない。その言葉を聞いて、私は傷ついていた。

「それはさ、私のことも、だよね」

「別になっちゃんを責めてる訳じゃないよ、でも俺だって自分に嘘はつきたくないんだよ」

「なっちゃんと話すのは、別に楽しくありませんって？」

咄嗟に責めるように返すと、受話器の口元が湿った。

「俺が言ってるのは、そういう、具体的な一つの問題じゃないんだよ」

「じゃあどういう問題なの？」

「そんなこと、俺にだって分からないよ」

私は黙って考えた。自分の大切にしている人間が、生きていることがつまらないと発言すると、こんなにも悲しいのだ。悲しくて、寂しい。毎日話をしてきたのに、まるで心は通っていなかったのだろうかと思ってしまう。

私の落胆が分かったのか、月島は私の思いを振り切るように言った。

「俺はつまらないものを楽しいなんて言ったりしない」

「つまらないことを、楽しいと言って欲しい訳じゃない」

「俺は思っていることを、隠したりもしたくない」

私は口を結んだ。

「仕方がないんだよ」

「私が悲しい気分になることが？」

「結果的には」

「君は私に甘えてるとは思わない？　私がどう思うかなんて考えもせずに、自分が思っていることをいつも全て言い切っていると思わない？」

「俺は継続出来ないことをやるのは意味がないと思う」

私はため息をついた。

月島の言っていることは確かに理屈は通っている。縛り付けられて、出られない場所に監禁されている訳ではないのだから、月島のことがどうしても嫌ならば、私がどこかへ行けばいいのだ。

でも。こんなにも毎日話をしているのに、つまらないなんて言われたら、誰だって傷つくのに。どうしてそんなことも分かってくれないのだろう。

「君は、私のことを何だと思っているの？」

私はピアノの椅子に座り直して質問した。手がしっとりと汗ばんでいる。

「何だと思っているとは？」

「つまり、私をどのカテゴリーの中に入れているのかってこと」

「それは、恋人とか、友達とか」

「そういうこと」

「なっちゃんはそういうの、気になる？」

「気になるよ。気になるって知っていて、そんな風に聞くんだね。そうやって煙《けむ》に巻こうとしているんでしょう？」

「そんなことないよ」

月島は私のことを、彼女にしたいとは思っていない。そんなことは分かっているのに、私はそのことを思い出してしまう時ほど、同じ質問を繰り返してしまう。

「なっちゃんは、それを決めてどうするの？」

「他人に聞かれた時に、時々恋人って答えているから、どう思っているのかなと思っているだけだよ」

「まあね」

「それはどうして？」

分かっているのに聞くのは、傷ついてしまいたいからだ。恋人になれるかもしれないと妙な期待をしてしまい、後でその期待に裏切られることを恐れているからだ。

初めから期待の芽を摘んでしまえば、それ以上大きくなることはない。

「俺はそんなにシンプルじゃないと思うよ」

「どういう意味？」

「俺たちは色んな話もしてるし、仲も良いと思う。友達であり、恋人であり、家族みたいでもある」

「……私もそう思ってるよ」

「じゃあ、それでいいんじゃない。何か問題がある？」

「……ねえ、君はさ、わざと言ってるんでしょう。私の言いたいことが分かっているのに」

「そうだね」

彼は静かにそう言って、少し笑って、それ以上は何も言わなかった。

月島は、きっと何もかも知っている。

私が、月島の恋人でありたいと思っていることを。

月島の正直な言葉に傷つきながら、嘘のない言葉を聞いていられるのを嬉しく思っていること、そして、悲しい思いをしていることを。

知りながら、気まぐれに私のことを「恋人」と呼んだり、「友達」と呼んだりして、いつも少し笑って、かと思えば突然落ち込んで、嵐のように生活ごと巻き込んでいったかと思えば、ある日ひょろっと私の所からすり抜けているのだ。まるで抱っこされるのが嫌いな猫みたいに。私はため息をついて、電話を切った。

六　池上線

私は中学を卒業した。

進学先を音楽科のある高校に決めたのは、ピアノだけは自分に必要だと思えたからだ。

合格者の一覧に自分の番号が記してあった。これで春からは高校生になれる。

私はようやく受験が終わることにほっとして、ため息をついた。

家に帰ってから、高校の入学手続きのための書類に目を通す。普通科の教科書の手配の他にも、楽典や和声などの専門科目の資料、四月から学校でレッスンを受けることになる「課題曲リスト」も明記されている。

本当に高校に入学するんだな……。

私はまだ実感が持てないまま、楽譜をコピーしにコンビニまで出掛けることにした。

春の風はいつも想像よりずっと冷たい。温かい部屋に後ろ髪を引かれながら扉を開けると、水彩画のような青空と白い雲が春の風に吹かれていた。吐く息がまだ白い。両手の指を擦り合わせて、僅かに暖めた。すると目線の先に月島がいるのが見えた。家のすぐ前を通る池上線の線路沿いで、上着のポケットの中に手をいれている。

「よう」

「あれ、どうしたの？」

「別に。散歩していたら家からなっちゃんが出て来たから、止まっただけ」

「暇ってこと？」

「そういう言い方も出来る」

三月の下旬になると、もうすぐ桜が咲くということにいつも驚いてしまう。桜はいつも、寒空の下、人々が手を擦り合わせながら少しでも身体を暖めようとするような気温の中で、つぼみをつける。何と健気《けなげ》で愛らしい花だろうか。私など去年家族で行ったお花見で、あまりの寒さに敷物として持ってきた段ボールを身体に巻いて歩いていたのに。

「私は今からコピーを取りにいくだけだから、散歩でもする？」

近くにあるコンビニに寄ってから、私たちは特に何も決めずに歩き出した。線路沿いを歩いていると、時々隣を三両編成の小ぶりな電車が走っていく。池上線の電車は、今日も短い。

「なっちゃん、あんまり外に出ないと、また眠れなくなるよ」

「あんまり外に出てなかったたって顔してる？」

「してる」

「受験だったから、ピアノばっかり弾いていたよ。でも、もう終わった。ほら、この楽譜は四月からの課題曲なんだけど。見事、第一志望の高校に合格」

月島はあまり興味がなさそうに、ふうんと相槌を打った。確かに、受験のことに彼が興味を持つとはあまり思えない。

ピアノの練習のために部屋にこもる生活が続いていたので、私は久しぶりに他人と会話していることに気がついた。二人分の足音が耳に新鮮に響く。

月島は歩くのがゆっくりだ。それは私に合わせてくれているのか、ただ遅いだけなのか、どちらなのだろう。

「なっちゃんってさ、いつも辛くないの？」

「どうしてそんなことを聞くの？」

「頑張ってる時ほど辛そうだから。玄関から出てきた時も、そんな顔してた。受験が大変だったんだろうけど、そんなに辛いならやらなきゃいいじゃんって、俺はいつも思う」

「そういう訳にはいかないよ」

「何で？　やりたくない時はやらなきゃいいと俺は思うけどな」

「そんなことを言ってたら、すぐにピアノなんか弾けなくなっちゃうよ。一日練習しないと、取り返すのに三日かかるって言われてるんだよ」

「いや、やりたいならやったらいいけどさ」

「やりたくない時もやらなきゃ駄目なんだよ……」

実際、ピアノを練習したいと思って練習するのは、三日に一度でもあればいい方だ。ほとんどの日は、遊びに行きたいと思いながら、弟とテレビを見たいと思いながら、自室にこもってピアノを弾く。どうしても弾く気分になれない日は、ただ自室にこもっているだけの時もあるけれど、やりたくないからと言って、ピアノから逃げ出すことは考えられない。

私たちは千鳥町の駅の踏切が開くのを待った。最寄り駅の千鳥町は、池上線の沿線の駅の中でも特に小さい。駅周辺は夜になるとカラオケの音が外に漏れてきて、いかにも下町の雰囲気を醸《かも》すが、今は昼なのでカラオケの音も聞こえない。

「なっちゃん、家でピアノの練習をする気が起きない時、無理して部屋にいなければいいんじゃない？」

「そうなんだけど……」

月島の意見は正しい。でも。

「なっちゃんは、ピアノを弾かずに遊んでるって思うのを怖がっているだけのように見える。その分部屋にいて、何も出来ない苦しい時間に自分を縛り付けて、それで満足しているように見える」

「……そうなんだけど」

私は口籠《くちごも》った。そうなんだけど。でも。

私と月島は全然違うはずなのに、一体月島はどこでそんな感情のことを知るのだろう。

月島は歩き出しながら続けた。

「そんなにずっと家にいたら、誰だって眠れなくなるよ。俺のお勧めは自転車に乗ること。帰りたくなったら、すぐに帰れるし」

「それが、なかなか出来ないんだよ。一人だと、どこへ行けばいいかも分からないし……」

「なっちゃん、逃げることにだって、勇気は要るんだよ」

月島は突然真面目な顔で言った。

逃げることにも勇気が要る？

どういう意味だろう。私はその言葉をゆっくりと嚙むように、考えてみた。

逃げないことへの勇気なら世の中に溢れているのに、逃げる勇気は聞いたことがない。周りの人たちが努力を重ねていく中で、自分だけが何も出来ない時、ピアノを練習しなくてはいけないのに、思うように身体が動いてくれない時に、せめて辛かったなら、苦しんだなら、自分は最善を尽くしたと思えるような気がした。

何日も何日もピアノの前で冷や汗をかきながら、息が詰まるような胸の中の焦燥を感じて、何も進まないままに、日が暮れていった。

もちろん、本当はそんなことに意味はない。何もしていないのに最善を尽くした気になっているのだから、何もしていない方がマシかもしれない。それが分かっていても、私は部屋から出ることが出来なかった。逃げる勇気というのは、苦しみから逃れる勇気ということだろうか。

それにしても、月島はそんな私の生活をどうして想像出来るのだろう。

千鳥町駅を通り過ぎて、私たちは下丸子駅方面へと向かった。閑静な住宅地を抜けると、環八に出る。信号を待っていると、車が行き来する音だけが広い道路に抜けていった。このあたりに店はほとんどない。

「俺さ、高校やめることにした」

環八の信号が青になると、月島は歩きながらそう切り出した。

「俺には学校っていうものが合ってないんだと思う。一つひとつ考えれば色んな理由があるんだけど、でもその中からいくつかを取って、こういう理由でやめましたって言うと、どれも違う気がする」

月島の口調がはっきりしていたので、もう自分の中で決まっている結論なのだということが分かった。

いつかそうなるかもしれないとは思いながらも、月島は結局はだらだらと高校に通うものだと思っていたので、私は驚いた。

いくつもの質問が同時に頭の中に浮かぶのを整理するように、横断歩道の白い線の上をまっすぐ歩く。

すぐ近くで踏切の音が聞こえた。そのあとに電車の減速音が続く。私は頭の中にある質問を幾つか取り上げて、聞いた。

「授業がつまらないから？」

「そう」

「朝起きれないから？」

「そう」

「目的が見つからないから？」

「そう」

「軽音楽部も、楽しめなかったから？」

「みんな遊びでやってただけだよ」

「もう高校は辞めるって、決めたんだよね？」

「うん。もう決めた」

高校をやめる。彼の高校生活は一年足らずで終わりを迎えることになる。そう思うと、不思議な感じがした。授業がつまらなくて、朝起きられなくて、目的が見つからなくて、部活も楽しくなかったら、私も高校をやめたりするのだろうか。私にもそんな選択肢があることを、何度言われても実感することが出来ない。

「高校をやめてどうするの？」

「そんなことは、まだ分からないよ」

「何かやりたいことはあるの？」

「ないね。今、はっきりとやりたいことって何もない。でも何か文章を書きたいような気もするし、音楽をやりたいような気もする。哲学を勉強したい気もするし。やってみないと分からないけどね」

「それはそれは。忙しいね」

私は笑った。人と違う人生を送ることに葛藤《かっとう》しながら、結局みんなが乗っている列車に乗らないことは、月島らしい選択に思えた。

「やめてどうするのって思うかもしれないけど、でも俺はまず、こんな気持ちで学校に行ってどうするんだよって思った。今高校を辞めることよりも、学校にこのまま二年も行くほうが、ずっと絶望的だと思った。だから、何か違うことをやってみるよ」

――逃げることにだって、勇気は要るんだよ――

月島は高校生活から逃げて、きっと何かから逃げなかった、のだと思う。その何かは、今言葉にすることは出来ないけれど、月島が自分の中で大切に守り抜いてきたものなんだと、私は信じたいと思った。

「ねえ、君がこの先の将来食いっ逸《ぱぐ》れたら、私がヒモにしてあげようか」

「ああ。頼むよ」

君ってやつは本当に駄目なやつだなあ、私はそう言って笑った。月島も笑いながら、俺は結構良いヒモになれる気がするんだよなあと言った。

ふいに月島が、俺って何か向いてることがあるのかなあと言うので、少し考えてから答えた。

「タクシーの運転手……」

「え、なんで？」

「だって君は、道だけは迷ったりしないじゃない」

「だけは、でしょう。今のところはね」

「だけは、か」

土手の石段を上がって、私たちは無事目的地へと到着した。眠れない夜を過ごしながら高校生になろうとしている私と、高校をやめると言った月島。下丸子駅に着いた時に、私たちは何も言わなかったけれど、ここに来ようと頭に描いていた。

きらきらと光る水面。野球を練習する小学生たち。バーベキューをする家族。多摩川。上手くいかない日に、私たちはいつもここへ来た。私たちは土手に腰をおろして、日が暮れるまで水が流れていくのを見た。

七　違和感

私は高校一年生になって、月島は高校二年生ではないただの十六歳になった。

ただの十六歳はやることがないので、一日数時間だけアルバイトをしたり、自転車で遠くまで一人で出掛けたりしていた。そして、相変わらず私に電話をかけてきた。

「なっちゃん、高校どう？」

「君って、私の高校生活に興味あったの？」

「ない。社交辞令で聞いただけ」

「それは、どうもありがとう。無事に通っています」

月島が話すのは大体、その日にあった出来事だ。

さっきコンビニに行っておでんを買ったんだけど、はんぺんがなかったんだよね。今日妹が、歩きながら郵便屋さんを見てたら電柱にぶつかったのって、泣きながら帰ってきたんだよ。

月島は、自分の人生の中で起きたほとんどのことを私に話しているんじゃないかと思う。それは時々、過剰なことにも思えた。月島の一日の出来事の中で、知らないことの方が少ないかもしれない。

月島の話を聞いているのは楽しかった。高校を中退した青年の日常は、月島が話すとどこか物語のような不思議な雰囲気を帯びる。そして私はいつの間にか、月島の物語の中で、彼の話をいつもそばで聞いている女の子、という登場人物になっているようだった。

今日もいつもの物語の続きが聞けるのだと思いながら、私は電話を取った。でも、月島は急に深刻な声で話を切り出した。

「あのさ。俺、話すことがあるんだよ」

普段聞くことのない声のトーンに、私は居心地が悪くなった。低い声で、なに……と聞く。いつもはおでんの話や妹の話なのに突然そう言われたら、誰でもそんな声になる。私はおそるおそる返答を待った。

「簡潔に言うと、アメリカに行くことになった」

アメリカ……？

私はアメリカと月島の共通点が見いだせずに、電話の前で固まっていた。一体どうしたらそんなことになるのだろう。

「もちろん、すぐに行く訳じゃないよ。時期は恐らく来年になると思う。来年の夏かな。それで、今年から日本のアメリカンスクールに少し通うことになったんだよね。その学校は……」

「待って、アメリカンスクール？　アメリカンスクールって学校だよね。また学校に通うの？」

説明を続けようとする月島を、私は遮った。

「まあ、そうだね」

「大丈夫なの？」

「何が？」

「何がって……」

月島がアメリカに行きたいというのを、私は今まで一度も聞いたことがない。騙《だま》されているような、妙な気分だった。毎日のように電話がきて、今日何を食べて、何時に起きて、家に遊びに来た妹の友達がどんな子だったかまで聞いていたのに、突然、アメリカ。

「試験なら大丈夫だよ。一応あるけど、ほとんどないようなものらしい」

「ああ。そうなんだ……。試験は、英語なの？」

「そうだよ。でもクラス分けの試験だから、出来なくてもいいみたい。留学前のプリスクールみたいなものだから」

「じゃあ、それは確実に留学するってこと？」

「まあ、そうなるだろうね」

私は首筋にいやな汗をかいて、月島に気配を気づかれないように拭いた。自分が話した言葉が、全部カタカナで口から出ていっているような感じがする。シケンハエイゴナノ？　リュウガクスルッテコト？

腑《ふ》に落ちなかった。過剰なまでに何もかもを話したがる月島が、どうして今まで何も言わなかったのか。そんな時間は幾らでもあったはずなのに、アメリカ行きが決定するまで、私は何も知らなかった。

裏切られたというよりは、驚いていた。どうしてこんなことになっているのか分からず、狐に化かされているような、月島の言っていることが本当だとは信じられないような気分だ。

「何だか……随分突然なんだね。今までこんな話したことなかったのに、何で突然そんなことが決まったの？　肝心のアメリカに行く理由は何なの？」

「そうだよなあ」

月島は少し黙っていた。理由ねえ。そう言って、ため息をついた。

「特にないんだよ。ある日帰ったら、親父がリビングで俺に書類を見せてきた。悠介、お前留学とかしてみたらどうだ？　って」

「うん」

「それで、ああ、そうだな、それもいいかもしれない、って」

「それだけ？」

「あと最後に、まあ暇だしな、とも言った」

「それはいいよ。それだけ？」

「それだけ」

月島は乾いた声で言った。電話の向こうで、冷蔵庫の扉を開ける音がする。飲み物を注いでいるようだった。

私は月島の父が心配している姿を思い浮かべた。熊のような体型をしている月島の父は、言葉数は少ないけれど、息子のことをいつも気にかけていた。毎日昼頃に起きて、どこに向かっているのか分からない生活を送っている十六歳の息子を心配している父。月島の父の気持ちは理解出来る。分からないのは、月島の気持ちの方だ。

「アメリカに行くことに関しての、自分の気持ちはどうなの？」

「自分の気持ち？」

「つまり、やる気はあるのかってこと。何か頑張ってみようと思っているのかってこと」

「そんなのは、俺だって行ってみないと分からないよ」

「でも行ってから、これは違うなんて、出来ないんだよ」

「そんなことはないよ」

月島が即答した。

「どうして？」

「人生はいつだってやり直せるから」

月島は今日の電話の中で、一番はっきりとそう言った。人生はいつだってやり直せるから。何を言っているんだろう。やり直せる？

私はみるみるうちに不安になって、言葉を探した。確かにそうかもしれないけれど、何かを始める時に、いきなりやり直せるなんて言うだろうか。

「君は本当にアメリカに行きたいの？」

月島からは、アメリカに行きたい理由も、行きたい気持ちも伝わってこない。

「どうだろう」

「どうだろうってどういうこと？　留学って高いんじゃないの？」

「そんなことは、分かってるよ」

「大丈夫なの？」

「何が？」

「何がって……」

月島の物語は、話すほどに精彩を欠いていった。鈍色《にびいろ》の空の下、枯れた木々の中で、薄暗いところに水が溜まっている。まるでそんな、気分の落ち込む絵を見ているみたいだった。

「まあ、大丈夫だよ。俺が決めることだから」

「勿論そうだよ。大丈夫なら、いいんだけど……」

「うん。大丈夫」

月島は、もうこれ以上は話したくなさそうに言った。月島が日本からいなくなることを、自分の心の中でどう折り合いをつけたらいいのか分からないまま、私は出来るだけ明るい声を出そうと努力した。

「分かった……。それじゃあ、私も心の整理をしていかなくちゃいけないんだね。君がいなくなったら、やっぱり私は泣いちゃうと思うな。分かっていても、きっと寂しくなっちゃうと思う。だって、こんなに毎日かかってきた電話が、もう鳴らなくなるんでしょう。そんなの泣くよ。オーンと泣く」

「何それ、変な泣き声」

笑ってみると、胸がきしんだ。

月島のことを心配しているように話しながらも、やはり自分が寂しいのだった。

高校中退の次はアメリカ留学なんて、いつもびっくりしちゃうよ、君には。そう言いながら、全身の皮膚が、紙で切れた時のような痛みを感じる。怖いのだ。月島が遠くへ行ってしまうことが。

「アメリカって、どんなところなんだろうね。ホームステイだったら、家族が素敵な人だったらいいよね」

誤魔化すように明るい口調で話し続ける私を遮って、月島は声を強めた。

「なあ。俺さ、今アメリカのこと、あまりハッキリ言葉にしたくない。自分でもよく分からないって、言ってるだろう。だからもうこれ以上は話さなくていい」

「分かった……」

もう、どうしたらいいのか分からなかった。月島と離れてしまうことの寂しさを抑えこむ正当な理由が欲しいのに、それが見当たらない。

「俺さ、今あまり考えたくないんだよ」

「分かったよ……」

私は渋々声を出した。

ピアノの鍵盤に手を置く前に考え過ぎてしまうと、最初の一音が出せなくなってしまうことがある。まずは指を動かして、動かしながらどうしたいかを見つけていけばいいのかもしれない。

日本の高校が合わなかっただけで、アメリカの学校は、行ってみたら合うのかもしれない。この先の彼の人生の色んな可能性を今ここで潰す理由なんか、私に見つかる訳がない。

「ねえ、来年の夏までにさ、今まで行きたいねって話してた場所に、一緒に行ってみようよ。当分アメリカから帰ってこれないのかもしれないし」

そう言うと、目の中がぎゅうっと温かくなった。涙が溢れてくる。私は声が潤んでしまわないうちに、急いで「もうそろそろ切るね」と言って、通話終了のボタンを押した。

電話を握りしめているその上に、涙がぽたっと落ちて、慌てて服の袖でぬぐった。

どうして泣いているのか、自分でもよく分からなかった。でも、事故にあったみたいに何かが自分と衝突して、自分の身体の一部がなくなってしまったみたいだった。暴力のような喪失感に襲われて、私は自分の指先にも落ちる涙を見る。

私は、月島のことをふたごのように思っていたのかもしれない。同じ胎盤から栄養分を分かち合うふたごのように、これから起こる楽しいことや大変なことの、何もかもを共有していけるのだと信じ込んでいたのかもしれない。

突然栄養を取り込むことが出来なくなった胎児のように、放心状態で自分の部屋のベッドに座っていると、数分後にまた電話が鳴った。通話ボタンを押すと「なっちゃん？」という月島の声が聞こえて、

「今日は眠れそう？」

と言った。

「相変わらず、そんなには」

私はそう言いながら、涙を拭いた。月島の声を聞いていると、徐々に栄養が送られてくるのを感じる。いつまでもこんなことではいけない。この時間はもう長くは続かない。分かっている。月島は来年の夏にはアメリカに行くのだ。

そう思いながら、私は電話から聞こえる声に耳を傾けた。

「なっちゃん、電話、このまま繋いでいてもいいよ。眠れないなら」

月島の提案で、私たちは電話を繋いだまま眠った。耳元で月島の息遣いを聞いていると、いつもより少しだけ早く眠ることが出来た。

次の日の朝、起きるとまだ電話が繋がっていた。一ヶ月後に月島が高額な通話料金を請求されることになるのだろうかと考えながら、私はそっと電話を切った。

次の日も、また次の日も月島はいつものようにその日の出来事を話した。物語はまた精彩を取り戻し、私は続きを心待ちにした。

「帰って来たら家の前の坂道で、親父が寝てたんだよ。酔っ払って。テディベアみたいだった」

でもどうしてなのか、私はそんなことが悲しいと感じるようになっていった。

八　涙の味

月島は新宿にあるアメリカンスクールに通い始めた。私たちは変わらず毎晩電話をしていたが、その内容の多くが学校の授業や同級生、先生のことになった。

インターナショナルパシフィックスクールという名前のその学校のことを、月島はインパシ、と呼んでいる。だから最近は電話に出るなり、「今日インパシに行ったらさぁ」といった具合だった。

インパシではいち学年に三つのクラスがあり、上からホワイト、グリーン、オレンジと色でレベル別に分けられている。月島は初心者のオレンジクラスから始まった。インパシに通いだした月島は、意外にも楽しそうで、私は面食らっていた。

「オレンジのことさ、オレンジって言ったら通じなかったの。なっちゃん、何て言うか知ってる？」

「えー、知らない」

初日の授業で、月島は基本的な発音のことを学んだらしかった。

「オっていうより、アなんだよね。アウレンジって感じ？」

「オレンジ」

「違う、もっとアだって。アウレンジ」

「そんなに発音が違うんだね」

「アウレンジ。なっちゃん、出来る？」

アウレンジに引き続き、ホワイトがウワイトだったり、ワールドがウォールドだったりする発音も教えてくれたが、私は次第に億劫《おっくう》になって、出来るだけ発音の話題を避けるようになった。

ある日、私たちは学校の帰り道に渋谷で待ち合わせをした。ハチ公前、時計の下集合。ピンポイントで指定するのは、ハチ公前が意外に広い事を知っているからだ。時間通りに落ち合った私たちは、スクランブル交差点の前で、信号待ちをしている人たちの後ろに並ぶ。

「学校、思ったよりちゃんと行く気あったんだね」

「まあね。周りの奴らも変わってるしなあ」

月島は青信号になるとともに歩き出した。インパシの生徒数は少なく、一クラス十五人程度だという。

「学校にはどんな人たちがいるの？」

「単純に英語を勉強したくて来たやつと、そうじゃないやつ」

「そうじゃないやつ？」

「なんて言うか、はぐれ者って感じのやつ。普通の学校に行きたくなくて来たやつ」

「君の仲間がいるのね」

私は笑った。何だか、楽しくやっているみたいだ。

頭上ではスターバックスの上にある巨大な電光掲示板から、音楽のランキングが次々に発表されていた。今週の第一位は、SMAPで「世界に一つだけの花」。

「同じクラスだったら、ソウって奴が目立ってる。孤独そうな目がいいんだよ」

「へえ、会ってみたい」

「漫画の『ドッグ・ドッグ・ドッグ』の主人公みたいにイカれた奴なんだけど、時々かなりストレートな下ネタを言う」

センター街に抜けていく。センター街には、お店の勧誘の人や、地べたに座っている人などもいて、皆動くスピードがまちまちだ。その中をすり抜けながら、自然とCDショップに入る。

月島がヘッドフォンをつけて、入ってすぐにある新譜コーナーで試聴し始めた。私も目についた洋楽アーティストのアルバムを聴いてみる。洋楽を聴く機会がなかった私は、何を聴いてもとても新しい音楽に聴こえる。

「知ってるの？　オフスプリング」

後ろから月島の声が聞こえた。顔を上げると、私の聴いているアルバムのアーティスト名を告げていた。

「知らない。でも格好いいね」

私がヘッドフォンの片耳をずらしてそう言うと、月島は両手で私の耳からヘッドフォンを持ち上げて、自分の耳に装着した。音楽が鳴り始めると、身体を小刻みに揺らしている。

パンクロックが好きになったのは、高校に入った頃だと月島は言っていた。歪《ひず》んだギターと、しゃがれた声のボーカル。低音の効いたベースと、汗がこっちまで飛んできそうなドラム。

「いいね、やっぱり。格好いいなあ」

月島は満足げに言った。

何もかもがつまらないと言っていたけれど、月島にとって、音楽はとても大切なもののように思える。そうでなければ、買うことの出来ないCDを聴くために、毎回CDショップに入ることなんてしない。

しかしCDは高い。結局いつものように、私たちは何も買わずにCDショップから出て、階段を下った。

「新しい学校に気になる女の子はいないの？」

以前にも好きな子がいると言われて気持ちを振り回されたが、月島は高校を辞めると、次第に彼女の話をしなくなった。それでも、月島がまた新しい環境に入ると、偵察したい気持ちがむくむくと育ってしまう。

月島は目線だけあげて、考えていた。

「気になる子は今のところ特にいないな。でもマリコっていう一つ上のクラスにいる子は、俺のこと好きだと思うけど」

「何でそう思うの？」

「この間クラスの一人の家に学校のみんなで泊まりに行ったんだよ。そこでマリコが迫ってきたから」

私は月島の言葉に驚いて、サーティワンアイスクリームの店の前で足を止めた。

「迫ってきた？」

「みんなが寝たあとに、近くに来たんだよ」

「まだ会ったばかりなのに？」

まただ。どうして私は、こんなことを聞いてしまうのだろう。二人の絵が生々しく浮かびそうになるので、私は慌ててアイスのメニューを凝視する。けれど色とりどりのアイスは可愛らしい女の子のような色合いで、むしろ余計な考えがぽんぽんと浮かんできてしまう。マリコ。美人だろうか。年は幾つなのだろう。アイス色の妄想を抱えながら、私はドン・キホーテの方へと早歩きした。

月島が、後ろから声をかけてくる。

「なっちゃん、怒ってるの？」

「怒ってないよ」

「ねえ、サンドイッチ食べようよ」

思っていた返事とは全く関係のない言葉が返ってきて、私は足を止めた。振り返ると、月島がにこっと笑顔を作って、「ブラックブラウン」と書かれたレストランの看板を指差している。

まったくこの人は。私はため息をついた。諦《あきら》めるような気持ちになることはあっても、どうしてなのか彼に対して怒りの感情が湧くことはない。

私は踵《きびす》を返してレストランへと入る階段を下った。レストランは地下にあった。

「どうしてもなっちゃんに食べさせたいメニューがあるんだよ」

月島はそう言って、ウェイターにローストビーフサンドイッチ二つ、と言った。月島は一体何を考えているのだろう。私はもやもやしたまま席に座った。

「何でこんなお店を知ってるの？」

「高校の時の同級生が教えてくれたんだよ」

渋谷でぱっと入れる店を知っているだけで、月島が大人に見える。値段を気にしてメニューを眺めると、思ったよりずっと安価で安心した。私のお小遣いでも充分払える値段だ。

「別に心配しなくていいよ」

ローストビーフサンドイッチを待つ間、月島はそう言った。心配しなくていいよ。それがローストビーフサンドイッチの値段のことではなくて、マリコの事だというのは月島の言い方で理解出来る。

「心配する権利なんて、私にはないでしょう」

私は抗議するように、テーブルに肘をついた。私が心配すると分かっていながら言ったくせに、今度は心配しなくていいよと言う。勝手だ。

「俺はいつもなっちゃんといるじゃん。それが全てだよ」

月島はそう言うと、運ばれてきた水を一気に飲み干して、グラスを空にした。水を失った氷の角が、溶けてなめらかな曲線を描いている。

全てとは、一体何なのだろうか。

月島がアメリカに行くまでの時間。学校帰りに渋谷で待ち合わせをして、音楽を聴いて、家に帰る。時々DVDを借りて、言葉の意味を一緒に考えるゲームをして、他の女の子の話を聞いて嫉妬をする。

私たちの全て。名前のつかない私たちの関係の全て。

「これを食べさせたかったんだよ、ほら」

暫《しばら》くすると、ローストビーフサンドイッチが運ばれてきた。薄いローストビーフがレタスと共にはみ出ている。それらを挟む薄い食パンのトーストは、ローストビーフのソースを吸って、少し茶色になっている。

私は暗い顔のままパンを口に運んだ。でも一口食べると、目がぱっちりと開いた。その目が月島と合う。彼の方もぱっちりと目が開いていた。

「美味しい！」

声を合わせて言うと、それは言葉にすると本当にばかみたいだけれど、これが全てなのかもしれない、そう思った。

「美味しいねえ」

月島がもぐもぐと口を動かしながら、嬉しそうな声で言った。

「美味しいねえ」

私も一緒にパンとローストビーフを味わった。

幸せとは、どんな感情のことを言うのだろう。私は考えていた。口の中に、玉ねぎの酸味の効いたソースの味が広がる。とりあえず、これは幸せの一つであることに間違いはない。

いつものように言葉の意味を一緒に考えるゲームを始めようと思った。月島はどんな風に答えるのかを想像しながら、パンを頬張った。

ねえ、幸せって、どんな言葉で表したらいいと思う？

どんな感情のことを幸せと呼べるんだろうね？

でもパンを飲み込んだ後も、私はローストビーフサンドイッチを手に持ったまま、聞くことが出来なかった。

どうしても、言葉が出て来ない。

好きな人と美味しいものを食べている。それは幸せであるはずなのに、それだけのことが、涙が出てしまいそうな程、悲しかった。

九　月島家

「こんにちは。夏子です。悠介君いますか?」

インターフォンを押してそう言うと、ガチャッと受話器を置く音がして、かわりに扉が開いた。月島の父が立っていた。

「今コンビニに出掛けたよ。どうぞ、上がって」

「すみません。じゃあ、お邪魔します」

月島は、父と母と妹二人の五人家族だ。扉を押さえる父の足下には、ちょろちょろと動く二匹の猫もいる。二匹は私の姿を確認すると、定位置であるらしいリビングの方へと戻って行った。

リビングに通された私は、ソファに座った。ところどころに猫が引っ掻いた傷があって、カバーの糸が飛び出ている。

「もうすぐアメリカに行くなんて、何だか実感がないですね」

私が手持ち無沙汰にそう言うと、月島の父も困ったような顔をした。

「そうなんだよ。あいつ、何の用意もしてないみたいで、本当に行く気があるのかどうか」

「私には、準備したって言ってました」

私の言葉に、父は目を丸くした。

「え？　嘘だよ。全くのウソ。何か必要なもの買うか？　って聞いたんだけど、向こうで買うからいいよって言って、買い物にも行ってないくらいだよ」

月島の父は、月島とあまり似ていない。熊のような大きな身体と、安心感のある太い声。サングラスをしたら、多分マフィアのように見える。

「ギターを持って行くんだって言ってました」

「ギターくらいしか、持って行く気がないみたいなんだよ。あれ、俺があげたんだけど」

父は少し嬉しそうに笑いながら、冷蔵庫からジャスミンティーを取り出して飲んでいた。私がその様子を見ているのに気づくと、父は、

「あの、お茶飲みますか？」

と、突然敬語になり、不慣れな様子でお茶のボトルを見せた。私は笑いながら、大丈夫ですと言って手を振った。

月島にとってギターは、無敵になれるものでも無我夢中になれるものでもなく、あくまで歌っている時の伴奏に過ぎないようだった。

あまり練習をしないので、ギターの演奏は上手くない。

でも難しいコードが弾けない代わりに、自分の弾ける簡単なコードだけでオリジナル曲を作って歌っていたのが印象的だった。

「夏子さんは、高校はどう？　音楽高校だったよね」

「あんまり学校っていうものが好きになれないですけど、中学校に比べたら楽しいです。音楽の科目ばかりだし」

「そうか。それは良かったね。悠介も何か見つかったらいいと思うんだけどね」

「でもアメリカンスクールは楽しそうに行ってましたよね」

汗をかいている父と一緒に、ジャスミンティーのグラスも汗をかいていた。

「まあ、友達もみんな悪友って感じだよね。悠介には合ってたと思うけど」

私は、「私もそう思う」という意味を込めて、笑った。

アメリカンスクールへの入学を勧めたのは、月島の父だ。その父はリビングの椅子に座って、テレビを見始めている。何か食べ物を期待したのか、父が移動をすると二匹の猫は父の足下でうろうろと行ったり来たりしたが、テレビを見ながら笑っているだけで構ってくれないのが分かると、また定位置へと戻って行った。

月島がアメリカへ行くと聞いた日、私が一番最初に感じたのは、強烈な寂しさだった。この先どうやって生きていったらいいのか分からない、そんな絶望にも似た寂しさを感じていた。

でも、次にやってきたのは、疑念だった。月島の留学は、私と月島の距離を遠ざけるための手段なのではないか、という疑い。

月島の両親は私にとても優しい。でも、心のどこかで、月島のそばに私がいない方がいいと思っているような気がしてならないのだ。何か言われた訳ではないのにそう思うのは、自分自身でも、自覚があるからなのかもしれない。

月島といると、ときどき自分が分からなくなってしまう。会話をしていると、今まで知らなかった自分を引きずり出され、自分も知らなかった自分と対峙させられることがある。

一度、私が月島と電話している姿を母が見て、「怖い」という感想を漏らしたことがあった。

「何や、何かに取り憑《つ》かれたみたいにいつまでも喋《しゃべ》ってるから……」

母はそう言った。そして、私が月島といつまでも話をするのを嫌がった。幾ら嫌がられても話をし続ける私たちに、母はぼそりと言った。

ほんまに呪われてんのんちゃうかと時々思ってしまうわ。

私たちの間には、そういう何か、親が引き離さなくてはいけないと思ってしまう何かがあるのかもしれない。

私は渡米を企画した月島の父を見ながら、私のことをどんな風に思っているのか測ろうとした。月島も、父や母から何か言われていたのだろうか。月島の父は相変わらずテレビを見ながら、時々低い声で笑っている。

無言でソファに座っている私の存在に居心地の悪さを感じたのか、なかなか帰ってこないね、と言いながら時計を見て、月島の父は立ち上がった。

そして座っていた机の上に置いてある二枚の原稿用紙を持って、こちらへ渡してくれた。

「この間、悠介が描いた絵とかを整理してたら、中学の時の作文が出てきたんだよ」

月島が中学二年生の時に書いた作文だった。私は二つに折られた原稿用紙を受け取って、開いてみる。

乱雑で不器用そうな文字が並んでいて、いかにも男子らしい。タイトルは「夏休み」だった。

「悠介らしいっていうかね……」

父はそう言いながら、困ったような顔で笑った。どういう意味だろうと原稿用紙を読み進めると、私は自分の目を疑った。

作文の末尾の文章が、

「色んなことがあった夏休みだった。でも、何をやっても楽しくないのは、どうしてだろう」

と、締め括《くく》られているのだ。

胸がざわざわと音をたてた。私も、月島が同じことを言っているのを聞いたことがある。何もかもがつまらない。みんな何が面白くて人生を生きているのか分からない、と。

私は心の引っ掛かりを取ろうとして、もう一度始めから作文を読み始めた。すると、リビングの扉が開いた。

「あれ、懐かしいの読んでるね」

月島は目を細めて言った。彼はコンビニの袋から、カップラーメンやペットボトルを取り出している。

父が立ち上がって、月島に何か言った。月島は飲み物を飲みながら、何か答えている。でも、混乱していてはっきりと聞き取ることが出来ない。胸の中が騒々しくて、私は心臓に手をやった。

どうして何をやっても楽しくないのだろう。

月島はずっと変わっていないのだ。中学二年生から、アメリカに行こうとする今日まで、きっと何も変わっていない。

いつも同じことを言い続けてきて、そして、問題は未だに解決していない。

本当に大丈夫なのだろうか。不安に思いながら月島を見上げると、テーブルに置いた原稿用紙が、扇風機に吹かれてぱさりと床に落ちた。

十　最後の

ピアノを練習する手を止めて電話を取ると、月島が、

「なっちゃんも一緒に行く？」

と言った。一体何の話だか分からなかった。

「どこへ？」

「そりゃ、アメリカでしょ」

「誰が？」

「そりゃ、なっちゃんでしょ」

私はピアノの椅子の長い背もたれの方に寄りかかり、首を預けた。天井の照明が眩《まぶ》しい。

「……でも私、学校あるよ？」

とりあえず当たり前のことを言った。すると月島は、

「俺が行く時に、家族も一週間くらい旅行するんだって。その時に一緒に来ないかってことだよ。七月だから、夏休みだって」

と説明した。

私は姿勢を戻し、譜面台に置いてあったショパンエチュードop.10-8の楽譜を見た。

ここのところ月島と電話をしていると、練習をしなくてはいけないことが頭を過《よぎ》って、焦ることがある。右手が高速で動くこの美しいエチュードの楽譜は、ずっと眺めているとまるで何かの迷路みたいだ。

「行きたいけど……」

「来ればいいじゃん」

「そんな簡単なものじゃないでしょ……」

「なんで？」

「だってアメリカだよ？」

「そうだよ」

月島と話していると、アメリカ旅行くらい大したことじゃないように思えてくるから不思議だ。

「でも、流石《さすが》に私はそんなお金はないから、お母さんに相談してみなきゃ。幾らかかるか想像もつかない。行ってもいいって言うかなあ……」

「こっちの家族は、なっちゃんを連れていくのはいいって言ってたよ」

「へえ……ちょっと意外」

「なんで？」

「私と君がずっと一緒にいるの、良くないって思ってるんじゃないかと思ってたから」

私は正直に心のうちを話した。でも月島は、まあそういうこともあるかもね、と、まるで他人事のように言ってから、行くなら早く決めろよ、と電話を切った。私が考えている程、月島は両親がどう思っているのかを気にしていないのかもしれない。

アメリカかあ……。

私の世界のほとんどは、東京と祖母の家のある大阪で出来ていたので、突然アメリカに行こうと言われてもいまいち実感が持てない。

私は反対するだろうと思いながら洗濯物を干している母に問いかけてみた。すると母は予想に反して、

「うーん。そんなに軽くいいよとは言われへんけど、そんな機会も滅多にないしなあ。もう高校生やし、月島さんとこに迷惑かけへんのやったら、お願いしますってお母さんからも電話かけとくわ」

と言って、すぐに許可してくれた。母なりに、学生のうちに海外に行かせて色んなことを経験させてやりたいと思っていたらしい。

アメリカに行けるんだ……！

私は唐突に決まった初めての海外旅行に、思わず声をあげて喜んだ。

アメリカ行きは決まったが、パスポートを取るのがこんなに大変だとは思わなかった。

ドラマやミステリー小説でしか聞いたことのなかった戸籍謄本や住民票を区役所に取りに行き、健康保険証と生徒手帳を用意し、証明写真を撮り、色んな書類に名前や住所

や親のサインを書き……、とにかく、果てのない工程を経て、ようやくパスポートを取得することが出来る。

私はやっと手に入れたパスポートを眺めながら、

「何か他に用意しなきゃいけないものってあるかな？」

と月島に聞いた。パスポートのしっかりとした紙質を撫でると、満足感でいっぱいになる。

「服とかじゃないの」

「そりゃあ、服は持って行くよ」

聞いているのはそういうことじゃないでしょ、と私は頬を膨らませる。

「俺は、何かあればむこうで買おうと思ってるから」

「そうなの？　でも、ある物は持って行けば？」

「別にいいよ、特に必要なものとかないし」

月島は、無気力そうにそう言うだけで、一向に準備をしようとしなかった。

私の方がよっぽど張り切っているかもしれない。月島の言動と同じくらい現実味のないスーツケースは、結局出発一週間前になっても空っぽのまま、部屋の隅で放置されていた。

日本で過ごす、最後の一週間が迫っていた。

私は何をするにも「これが最後の」と冠をつけて、その時間を大切に過ごすようになった。

最後のDVDのレンタルをしに行こう、最後の散歩に出かけよう、最後の出前のピザを頼んでみよう。それは月島も同じようにみえた。

最後の映画館。最後の回転寿司。最後の、とつけると、毎回泣いてしまいそうな感傷が押し寄せてくる。

美味しいね、美味しいね。そう返って来るのも、これで最後なのだと思うと、まるで今生《こんじょう》の別れのような気分になった。

「俺、本当に、ギターだけでいいや」

何度も行われた「最後の」の儀式もついに終わってしまった。出発当日、月島は空港にすかすかのスーツケースとギターを持ってきた。

風に吹かれたら倒れてしまいそうな月島の荷物のように、月島はふらふらと空港の中を歩いている。これも、「最後の」だと気づいた。私は月島のすこし後ろから、今にも倒れそうな背中を見ながら、飛行機に乗りこんだ。

席についてしばらくすると、機内食の準備が始まった。

エコノミー席のエリアには日本人と外国人のキャビンアテンダントが数人いて、担当してくれるのが日本人だといいなあと眺めていると、願いとは逆に外国人のキャビンアテンダントがやってきた。数列前の人たちに何か聞いて、手元のメモに書き留めている。

「もしかして、フィッシュオアチキンかな？」

私は事前に初めての海外旅行、という本を読んで勉強していた。機内食では、魚か鶏肉かを選択することが出来るらしい。

「多分ね」

月島も訝《いぶか》しげに外国人のキャビンアテンダントのお姉さんを見たが、やはり間違いなさそうだ。前列の人が「チキン、チキン」と何度も伝えているのが聞こえる。緊張が走った。

「Hi, what would you like to have? Chicken or fish?」

前半は分からなかったが、チキンとフィッシュだけがはっきりと聞こえ、それだけで既に充実感を感じた。私、今、解《わか》った。

ドキドキしながらチキンと答えると、月島も隣でチキンプリーズと言った。

「Would you like something to drink?」

安堵《あんど》していると、後ろの列に動くと思っていたキャビンアテンダントのお姉さんが、また何か言っていた。予測していなかった事態に驚いた顔をすると、彼女はもう一度、

「Would you like something to drink?」

と言った。私、今、全然解らなかった。冷や汗をかいた。

「Coffee, green tea, juice, water.」

私が固まっていても彼女はさして困っている様子もなく、自分の持ってきたカートの

上に載っていた色んな飲み物を一つずつ右手で持ち上げ、最後に「どうする？」というジェスチャーを両手でした。

私も月島も戸惑いながら「ジュース」と言うと、今度は二つ紙パックを持ち上げた。

「Orange or apple.」

私が悩んでいると、月島がアウレンジ、と言った。なんと、ここでアウレンジ。私は鬱陶《うっとう》しがってオレンジの正しい発音を教えて貰わなかったことを、少しだけ後悔した。アウレンジ、という発音を何となく月島の前で言いたくなくて、私はアップルの方を指さした。アッポー？　と聞くお姉さんに、イエスとだけ答える。チキンとイエスしか言ってないのに、とても疲れた。

中学生の時に食べた給食のような食事が運ばれてきた。温かいチキンに、パンとサラダ。特別美味しい訳ではなかったが、初めての機内食に浮かれていた。

「美味しいねえ」

そう言いながら、バターをつけたパンをもそもそと食べた。隣で月島が、うん、美味しいと頷く。誰かと美味しいと言いながら食べると、ご飯は美味しくなる。

自分の部屋ですら眠るのが苦手な私は、機内では全く眠ることが出来ずに、アメリカの空港に到着した。アメリカは朝だった。朝陽が差し込む飛行場に、異国の甘い匂いが混じっている。

徹夜明けの身体の重たさを引きずり、私はカラフルなお菓子や、ピザ屋さんや、英語ばかり並ぶ本屋さんを眺めた。

「遂《つい》にきたんだね……」

月島がこちらを向いて言った。

「そうみたいだね……」

この瞬間を覚えておこうと全身の感覚に集中していると、月島の母に肩を叩かれた。私はスーツケースを持って、月島一家と共にホテルまでのタクシーに乗り込んだ。

ホテルに荷物を置いてタクシーに戻ると、月島の父が運転手に英語で行き先を伝えた。アウトレット、という単語が聞こえたので、車はこれからアウトレットに向かっていることを知った。

月島家は買い物が好きだ。目的地に着くと、一家はおのおの興味のある店へと散らばるのだと言った。私は特に欲しい物が思い当たらず、アウトレットで何を買ったらいいのかも分からなかったので、月島の後をついていくことにした。

洋服店に入ると、月島はすぐにショッキングピンクのスニーカーを手に取っていた。凄い色だ。そんな色の靴を買った事がない私は、どんな服に合わせたらいいのか全く見当がつかない。

彼はうーんと悩みながら首をひねって、ピンクの靴を履いて、何度も鏡を見ている。何を考えているのだろうと眺めていると、意を決したようにレジに向かっていった。

靴を手に入れた月島は、店を出るとすぐに箱からぴかぴかのスニーカーを取り出した。

そして、今履いているぼろぼろの靴で、新品の靴を踏みつぶし始める。

「そんなに汚くしちゃうの……？」

私は不安になって口を挟んだ。綺麗な靴を汚い靴で踏んでいる姿を見ていると、心が落ち着かない。

「穴が空いてるくらいのほうが、格好いいんだよ」

確かにピンクの靴は月島によく似合った。でも、日本では見たことがないピンクの靴を履いている月島は、どこか違う人のようにも見えて、私は少し居心地が悪かった。


ひと通り観光をして、最終日には、ディズニーランドにも出かけた。

ディズニーランドのベンチでみんなの荷物番をしていると、月島の妹たちがじゃらじゃらと首に何かをぶらさげて帰ってきた。ネックレスだ。おへその位置くらいまで届く長い輪は、プラスチックの子ども用のビーズのようなもので出来ている。

「それ、どうしたの？」

「あのピエロに話しかけると、もらえるんだよ。なっちゃんも一緒に貰いにいく？」

彼女たちについて行って、私もプラスチックのネックレスを貰った。鮮やかな紫や、光沢のある緑色のネックレスを、竹馬に乗っているピエロから何本か首にかけてもらう。

私は不思議な気分に包まれていた。普段、ネックレスを欲しがったことなんて一度もなかったのに。

月島の家族と過ごしながら、新しい自分を発見する。彼の妹たちと一緒になって、ネックレスをじゃらじゃらと鳴らしながら歩いている自分。女の子と一緒に、可愛いものをつけている自分。私は嬉しいような、恥ずかしいような気持ちで荷物を置いた場所へと戻っていった。

「可愛いのつけてるじゃん」

月島はネックレスを見て、「かわいい」とごく自然に言った。兄というものを知らない私にとって、それはとても新鮮に響く。兄がいると、普段からこんな風に優しくされるものなのだろうか？　月島の妹たちのことを、少し羨ましくも思った。

私は月島家と数日間行動を共にしながら、家族というものも、それぞれ全然違うということを知った。月島の妹たちと母が時々姉妹みたいに女三人で話しているのも新鮮に感じる。

「写真をとろう」

散々遊んだ帰り道、駐車場で月島の父が言った。月島の家族はまだ数日アメリカに滞在するが、私は先に日本に戻る。

私が日本に帰る前に、アメリカでの写真を撮ってあげようという父の配慮だった。

「駐車場で？」

月島の母が楽しそうに笑った。折角の写真なのに駐車場なの、という意味だ。月島の母が笑うと、子どもたちもみんな笑う。子どもたちが笑うと、父も笑う。

「いや、あっちの方だったら夜景が綺麗に見えると思って」

駐車場はコンクリートで出来ていたが、車が止めてあるところから一番端まで歩くと、確かに美しい夜景が覗いている。コンクリートの柱で四角く切り取られた、ロサンゼルスの夜景。

「わあ、すごく綺麗だよ」

「じゃあ、撮ろうか」

私と月島は壁際まで行った。そうすると心の中にまた「最後の」が現れた。最後の写真。そう思うとぞろりとした不安がこみ上げてきて、私は吐きそうになった。我慢をしていると、口の中に酸っぱいものを感じる。

「はい、チーズ……」

月島の父の合図と共に、カチリとカメラが鳴った。それは、私のアメリカ滞在が終わる合図になった。

帰りの車の中は静かだった。私は無言で、デジカメのデータを一枚一枚見る。空港についたばかりの眠そうな家族、ピンク色の靴を踏みつけている月島、ビーズのネックレスをつけている私。その写真の一番最後に、ロサンゼルスの夜景を後ろに撮った写真があった。

手が止まった。

また不安がこみ上げてくる。

そこには、今にも泣いてしまいそうな顔で笑っている月島がうつっていた。

十一　ほたる

私たちはロサンゼルス空港へと向かった。私は日本へ、そして月島は家族と一緒にホームステイ先へと向かう。月島の家族が日本に帰るのは、数日先になるらしい。

空港行きの車の中で、ここでお別れになる私は最後に何と言えばいいのか考えていた。頑張ってね、かな。行ってらっしゃい、だろうか。またね、の方がいいかもしれない。

車が空港に到着すると、月島の父と運転手が荷物を下ろしてくれた。ここからは、日本へ帰る私とは行き先が違うので別々の乗り場へ向かわなくてはならない。私はスーツケースの取っ手を握りしめながら、悩んでいた別れの言葉の中から、一つ選ぼうとしたけれど、何も浮かんでこなかった。

月島も何も言わない。

無言で立ち尽くす私と、下を向いている月島を見て、月島の母は心配そうに手を振った。

「じゃあ……私たちは行くから。なっちゃんも気をつけてね」

同じように、父や妹も手を振る。私も応えるように手を振り返した。それを見た月島は、驚いたようにこちらを見て、緊張したように身体を強張らせて、それから何も言わず家族の後ろを歩いていった。

月島が一歩一歩遠くなっていく。彼は人ごみの中から、時々こちらを振り返った。私は当分見ることの出来ない月島の姿を覚えておこうと、瞬きもせずに見送って、両手を振った。口で、じゃあね、という形を作る。月島はそれに応えるように、二、三度頷いた。

月島家の誰も姿が見えなくなると、壊れた自動販売機のように、目からぽろんぽろんと一粒ずつ涙がこぼれていった。

「あ……」

自分の世界の中で何かが、変わった。完璧に変わった。それが、ありありと分かってしまった。あたりを見渡すと、まわりには誰もいない。私は実感した。月島は、もういない。

突然身体が破けてしまいそうな痛みを感じて、ぐらりと世界が揺らいだ。急激な吐き気に襲われて、私は唸《うな》りながらトイレで吐いた。泣きながら吐くと、何もかもが自分の身体からなくなっていく気がする。

トイレの中で、楽しかった思い出が、走馬灯のようにぐるぐると頭の中を巡った。DVDをレンタルしに行った夜道。一緒に歩いた多摩川への散歩道。DVDは借りられるし、多摩川だって一人でも行ける。でも、もう言葉の意味を考えるゲームは出来ないし、眠れない日に、電話を繋いでいてもいいよという声も聞けない。ピアノを弾いて、部屋から出られない私を、外へ連れ出してくれる人はもういない。

月島は、もういない。

帰りの機内で出された機内食を、私はほとんど食べることが出来なかった。美味しいね、と返してくれる人がいないと、機内食はこんなにも味がしない。

約十時間のフライトは淡々と過ぎていった。私は眠らずに、呆然と飛行機が地図の上を飛ぶ映像を眺めていた。

日本に着いてから、携帯の電源を入れる。

月島からのメールはまだ届いていなかった。私はざわざわと不安な気持ちを抱えたまま、帰宅した。

「アメリカは、どうやったん」

リビングでは母が待っていた。私は荷物をおろしてソファに座る。

「たのしかったよ」

「楽しかったってなあ、小学生の感想文やないねんから、もっとあるやろ。なんぼかったと思ってんねん」

母はやっぱり関西人だ。こんなに落ち込んで帰ってきた娘に、早速突っ込みを入れる。

母は冷蔵庫からビールを取り出して、しゅわっとグラスに注いだ。

「月島君は、頑張れそうなん」

「どやろ。私のことやないから分かれへんわ」

頑張れそうには見えなかったとは言えず、私は適当に関西弁で返して、もう一度携帯を見た。メールなし。

「あんたも、大学に行きたいんやったら、いつまでも遊んどったらあかんで。アメリカまで行かしたったんやからね」

「分かってるって」

私はリビングから、自分の部屋へと降りていった。その夜、何度携帯を確認しても、結局メールは来なかった。

見たことがない番号から電話がかかってきたのは、それから三日後のことだ。国際電話かもしれないと、私の心臓は跳ね上がった。月島とは四六時中電話ばかりしていたけれど、国際電話は初めてだ。

「はい、もしもし?」

すぐに電話に出ると、元気のない声が聞こえた。

「ああ、もしもし」

あまりにゆっくりの、ああ、もしもし、だった。私は額に浮かんだ汗を、そっとティッシュを出してぬぐった。

電話の主は続けてゆっくりと、

「日本には無事着いたの?」

と聞いた。月島だ。いつもの電話の話し方を、三倍くらい引き延ばしたような話し方をしている。

「当たり前だよ、もう三日も前に着いてるよ」

私は心配でたまらなかった思いを、一気に吐き出さないように、深呼吸をした。そして、連絡のない三日の間にどんなことがあったのかを一つずつ聞いていった。ホームステイ先へ行く飛行機がストの影響で遅れて、初めは別の場所にいたこと。目的地に着いてからも、インターネットの使える環境に行くことが出来ずに、メールを送れなかったこと。月島はゆっくりと話した。

「そうだったんだ。でも無事なら良かった……」

私はそう言ったが、そこで言葉に詰まってしまった。

もしもし。

誰かと長い付き合いになると、最初の「もしもし」の声色だけで何となく相手の精神状態が分かる。そして、月島からかかってきた「もしもし」は、どう考えても過去最高に状態の悪いものだった。

私は何と声をかけていいのか分からないまま、そっとティッシュをゴミ箱へいれながら、明るい声を出した。

「どう。そっちは」

「何もないよ」

「何もないってことはないでしょう」

「本当に何もない。広大な森が広がってる。夜になると、ほたるがプラネタリウムみたいに飛んでる。それだけ」

「すごく素敵じゃない」

「街もないし、友達もいない。家族も帰った」

「でも君には目的があるでしょう」

私は不安に駆られて、すがるように早口で言った。時間をかけてアメリカに行く準備をしてきたのに、じゃあ帰ってきたら、なんて言える訳がない。

「目的なんかないよ」

月島の声が闇の中でぼそっと呟くように響いた。これ以上この声を聞いたら、こちらまで闇の中へ引き込まれてしまいそうだ。私は恐ろしくなって、出来るだけ遠い場所から声を出そうと努力した。

「今は疲れてるんだよ。まだ時差ぼけもあるでしょ」

私は空気全体を無理矢理照らそうとして、強引な明るさで話をした。

でも月島は、

「そんなんじゃ……ないんだよ」

と、息を吐きながら言った。そして、

「分かってないよ」

と続けた。一瞬だけ月島の見ている景色が目の前に浮かんで、私はぞっとした。今度は絶壁の縁に立って、真下の海を見ながらぽつんとつぶやくような、そんな声だった。月島はどうしてこんな絶望の中にいるのだろう。一体この三日間で、何があったのだろう。

すると突然、月島は何かに追いかけられているように呟いた。

「もう行かなきゃ」

ちょっと待ってと返すと、電話は既に切れていた。無作法に切られた電話から、プープーという無機質な音が小さく響いていた。

それから月島は、一日おきに数分の電話をかけてくるようになった。その一日おきの「もしもし」はどんどん弱く擦《かす》れていき、一週間後にはもう、聞き取れないような声になっていた。

「全然食欲がないんだ」

「まだそっちのご飯に慣れないっていうのも、あるんじゃないかな……」

「何を見てもご飯が食べれる気がしないんだよ」

月島の電話は大体私のピアノの練習中にかかってきたので、私は毎回ピアノの椅子に座りながら彼の話を聞いた。ピアノを前にしていると、練習しなきゃいけないのに、という焦りが自分を煽《あお》り立てて、同時に月島を心配することが難しくなる。

「疲れてるかもしれないけれど、何か食べないとね」

私はありきたりなことを述べた。食べられないと言っている人に、何か食べないとと言うのは、正しい忠告ではないかもしれない。

でも私はとにかく、同調することが怖かったのだ。辛いねと言ってしまったら、彼の中で今なんとか保っているものが、自分のせいで壊れてしまうのではないかと、怖かった。

それくらい、月島の声は弱っていた。

「大丈夫……？」

「大丈夫じゃない」

それでも、月島は自分の不調を包み隠さずに言う。

こんなにも素直な気持ちをぶつけてこられても、私には何も出来ない。月島は、私が一緒になって落ち込んだら満足なのだろうか。

電話をしても、体調が悪い話ばかりするのが、辛かった。息が詰まってくると、私はわざと話題を変えた。

「ホストファミリーの人たちは、どんな人？」

「それどころじゃないんだよ、今は」

「それどころって、語学を勉強したかったんでしょう？」

「俺はそんなこと、一言も言ってないよ」

まるで小学生の男の子みたいな声で言った。私はため息をついた。

「今更何を言っているの」

「今更とか、そういう問題じゃないんだよ」

「ねえ、今はまだ環境に慣れてないだけかもしれないよ」

私はピアノの椅子の長い背もたれに身体を預けて、何とか自分の声が保てる居場所を探していた。でも、月島の声を聞いているだけで、自分のエネルギーがどんどんなくなっていく。

食べられない、寝られない、目的もない、ここには何もない。月島から出てくる言葉は「ない」ばかりで、その度に私は何度も相槌を打つ。そうなんだ、大変だね、なかなか上手くいかないね。ピアノの練習をしなくてはいけないのに、月島の「ない」はいつまでも続く。

電話を切りたい。次第に疲労感を感じていった。

「明日もあさっても、こんな場所で何の目的もないままに生きて行くなんて、考えただけでゾッとするんだよ」

月島は泣きそうな声を出した。

「何を言っているの。まだ着いたばかりだよ」

「自分の感情を判断するのに、一年も二年も必要な訳じゃない」

月島の声が少しはっきりと聞こえた。遠く離れた場所にいるはずなのに、私の部屋の空気がぴんと張り詰める。

「何が言いたいの？」

「なっちゃん」

「何？」

「帰りたい」

私は身体に空気をたくさん送り込んでから、息を吐き出した。肺のあたりがちくちくと痛む。

どうしてアメリカに行くのか、あんなに何度も聞いたのに。途中でやめることなんて出来ないんだよと忠告したのに。「最後の」と冠をつけたお別れは、一体何だったのだろう。

抑えられない苛立《いらだ》ちが息から漏れていく。

「そんなこと言わないで」

私は、月島を遮るように声を出した。返答はない。

「お願いだから。そんなこと言わないで」

今度は哀願するように声を出した。ぷつっという音がした。あまりに突然で、月島が電話を切ったということが分かるまでに、少し時間がかかった。私は譜面台の上に、静かに携帯電話を置いた。

十二　着信音

取り憑かれたように、私はピアノを練習し始めた。休みの日は、一日八時間は練習したい。同級生にはもっと練習している人だっている。私は起きてすぐにピアノの椅子に座った。そうしなければ、余計なことばかり考えてしまいそうなのだ。

まずはスケールとアルペジオ。長調と短調を全て弾くと、大体二十分くらいかかる。ピアノを弾きながら背中を極端に丸めたり、肩を上げたり下げたり、骨盤を揺らしたりする。それは自分で作り出した、ピアノを弾きながら出来るオリジナルのストレッチだった。

私はもともと、ルーティーンがとても苦手だ。毎日欠かさずやろうと心に誓っても、夜上手く眠れないだけで全ての予定が壊れていく。

もしも夜眠れなくて、予定が思い通りにいかなくても、この習慣だけは身につけておこうと自分で決めた。肩を回しながら短調のアルペジオを弾き始めると、起きた時よりも段々と深い呼吸になっていった。

練習の途中で電話が鳴った。きっと月島だ。分かってはいたが、無視することにした。

私は集中しているし、私は自分で決めたことを途中で投げ出したりしない。私は月島とは違う。

そう自分に言い聞かせて、指に体重をかける。

ホ短調のスケールは、二つ目の音が黒鍵で、それを左手の薬指で捉えなくてはならない。細い薬指にしっかりと体重が乗るように、息を吐きながら集中して指を鍵盤にのせていった。

今は電話を取るべきじゃない。

練習をしている時に、ノックもなしに突然部屋に入ってくるような着信音に、出る必要なんてない。このルーティーンは、自分を肯定するための手段だ。今電話を取ってしまったら、私はまたひとつ自分自身を嫌いになってしまう。

そう思いながらも、頭の中に月島の顔が浮かぶ。泣きそうな顔で写真に写っていた月島。空港で別れる時に、こっちを見て二、三度頷いた月島。

スケールの途中で、集中がぷつりと途絶えた。

はあ、まただ。こんなことをいつまでも続けてはいけない。こんなことを続けていたら、私はどんどん自分のことを嫌いになってしまう。

焦る気持ちにため息をつきながら、私は通話ボタンを押した。

「もしもし」

私がそう言っても、月島は、もしもしを返してこなかった。初めてのことだ。代わりに、小さく息の音が聞こえた。

「私はピアノの練習をしていたよ。そっちは何してるの？」

「何もしてないよ」

月島の弱った声を聞いても、可哀想だと思えなかった。月島だって、電話をする度にピアノの練習を中断している私の気持ちを考えてはいないはずだ、と思ってしまう。

「君がアメリカに滞在してから、まだ二週間も経ってないんだね」

「……何か、何もしたくないんだよ」

また同じ話か……。

無気力な声を聞かされて、また何か言わなくてはならないことに、私は疲れ果てていた。こんなことなら、ピアノの練習を止めなければよかった。ルーティーンを途中でやめて、自分を嫌いになってまで電話に出たのに、月島は同じことばかりを繰り返している。

「私は、君を送り出すことにとても勇気が要ったんだよ」

「そうなんだ」

「そうなんだ、じゃないよ。君が留学したいというから、唯一の友達を送り出すために、この一年間たくさん準備をしてきたんだよ」

「準備なんて……」

「ないと思う？　例えば寂しくなって、君の邪魔をしたりしないように、環境を整えてきたよ。ピアノに集中出来るような環境だよ。今だって練習中だった。余計なこと考えないように、集中しようって。君がいなくても、一人でやっていかなきゃ駄目なんだって。君はそんなことを、考えたことがある？」

「ごめん」

月島の声が擦れていた。

「何があったの？ そんな風になるなんて」

「何もないよ」

「じゃあ、どうしてそんな声を出すの？」

「何もない。本当に何もないんだよ」

「うん」

「広大な森の中に満天の星みたいなほたるが飛んでいても、綺麗だねって言う相手もいない」

「そんなこと……」

「綺麗だねって、なっちゃんに言おうと思ったら、ここになっちゃんがいなくて涙が出た。そしたら俺はどうしてここに来たのか、本当に分からなくなった」

月島は子どものようにしくしくと泣いていた。それでも私は、彼のことを可哀想だと思うことが出来なかった。

月島がいなくなっても一人で立てるように、ピアノに集中出来るように準備してきたこの気持ちを、今更どうしたらいいと言うのだろう。

月島がアメリカに行くと言うから覚悟をしてきたのに、今度はアメリカにいる意味が分からないと言われて、そうですか、じゃあまた楽しくやりましょうとすぐに切り替えることなんて出来ない。

帰っておいでと言うことが出来たら、楽なのかもしれない。

大丈夫、無理しないで。もう帰っておいでよ。

でもそんな言葉を、どんな風に言ったらいいのだろう。

私が帰っておいでと言って、本当に月島が日本に帰ってきたら、私はいつか思うのではないか。私たちは、お互いの人生を駄目にした者どうしなのかもしれない、と。

月島はいつか思うのではないか。出会わなければ良かった、と。

私はどうしても月島と同じ気持ちになることが出来なかった。帰っておいでと言ってしまうと、もう二度と会えなくなるような気がしたからだ。

「ごめん、練習中だからもうそろそろ電話、切ろうかな」

「もう、俺無理かもなあ……」

「無理って?」

「帰りたい」

「……また。帰りたいなんて、そんなこと言わないで」

私が帰ることに頑《かたく》なに同意しないのは、自分なりの愛情としか言いようがない。自分たちの関係への愛情。これ以上、孤独や悲しみを共有してはいけないという決意。

もしもこれ以上、二人がひとつの感情を共有してしまえば、私たちはもう一緒にいられなくなるかもしれない。一緒に悲しんで、一緒に泣いて、お互いを舐《な》め合うような関係に、未来なんてない。

私は私の人生を送らなくちゃいけない。同じように、月島は月島の人生を送らなくちゃいけない。そうじゃないと、きっとこの先一緒にいられなくなってしまうのだから。

私ははっきりと言った。

帰ってこないで。

私たちは違う人間だ。月島が闘わなければいけないものに、私が一緒になって怯《おび》えてはいけない。彼がどんなところにいるのか、想像はしても、遠く離れた土地で体感してはいけない。私の目は、月島の目ではない。私の耳は月島の耳ではない。私は、月島ではないのだ。

突然、ガタンという音が聞こえた。切られたのかと思ったが、電話はまだ繋がっている。私が恐るおそる、もしもし、と問いかけると、女の人の声が聞こえてきた。

「今、月島君と電話をされてた方でしょうか？」

私は日本人が近くにいることを知らなかったので、突然日本語が聞こえてきて驚いた。

「はい」

「彼が泡をふいて、公衆電話の前で倒れていました。今救急車を呼んでいます。

一体何があったのでしょうか」

受話口からがやがやとした人だかりの音が聞こえた。やがてサイレンの音が近づいてきた。

十三　最終日

電話に出た女性が、大きな声でもしもし、と二回言った。

「あ、私は話していただけなんですが……」

ふっと我に返って、私は戸惑いながらも見知らぬ女性に返答した。女性は慌ただしくそうですか、と言ってから、

「私は月島君と一緒の学校の者です。これから病院に同行しようと思っているんですが、電話をしていたこともお医者さんにお伝えしようと思って。あの、月島君とはどのような関係ですか？」

と言った。電話の声は焦っていた。ただ目の前で倒れた月島の状況を把握して、助けたいだけなのだろう。

それなのに。

私は唾をごくんと飲んで、苛立ちを抑えた。どのような関係ですか。特に意図はないと分かっているはずなのに、怒りが一瞬で全身の毛細血管をわたって身体中にめぐっていく。

あなたに、何が分かる。

「友達です」

私がそう言うと、女性は分かりましたと言ってすぐに電話を切った。それから随分長い間、ぼんやりと鍵盤を眺めていた。

私は月島のことを、私と月島との関係を、誰にも相談してこなかった。それは、きっと誰にも解らないと思っていたからだ。

解らなくていいと思っていたはずだった。

それなのに私の心は、名前も知らない女性に電話口で関係を聞かれただけで、ぷちんと弾《はじ》けて赤い血を流している。

ただ関係を聞かれただけで、こんなにも傷ついてしまうのはどうしてなのだろう。月島と私だけが分かっていればいい。その考えがこんなにも脆《もろ》いものだと思い知らされる日が来るなんて、想像してもみなかった。

私はピアノに手を置いた。ショパンエチュードop.10-4。二十七曲ある練習曲の中で、私が最も好きな曲だ。

激しい雷のような音と共に、曲は始まる。

左右の手は互いを追いかけるように細かいパッセージを刻み、休むことなく動き続ける。うねるような嵐の波を右手が弾けば、轟音で木々を揺らす風を左手が弾く。まるで私と月島が、交わることなくお互いの言い分をぶつけ合うように。

もっと話を聞いてあげれば良かったのだろうか。

エチュードの練習は、夜中まで続いた。ぎりぎりまで短く切った爪の先から、血がにじんでいた。

次の日、月島の父から電話があった。

「パニック障害、ということでした」

父は淡々とその病名を私に告げた。

「夏子さんと電話をしていた時に、悠介が倒れた直接的な原因だそうです」

「そうですか……」

私はなるべく意味を持たないように、そうですかと発音した。本当は、それは私のせいでしょうかと、聞いてしまいそうな気持ちを抑える。

代わりに父は低い声で私に聞いた。

「聞いておきたいのですが、どんな話をしていた時に悠介はパニックになったんでしょうか」

私は沈黙した。

帰りたいなんて言わないで。

そう言ったのは事実だ。でも、それにはたくさんの理由がある。お互いの自立。私たちの未来。月島の家族のこと……。

でも月島が倒れてしまった今、そのどれを取っても言い訳のように聞こえる気がした。

「帰りたい帰りたいと言ったので、帰ってこないでと言いました……」

今度は月島の父が静かに、そうですか、と答えた。私が言ったのと同じように、事務的な、そうですか、だった。

結果的に、ですが。父はそう続けた。

「悠介は、アメリカから帰ってくることになりました」

父の声には、相変わらず感情が見えなかった。

「それで、悠介が日本に着いてからも、夏子さんはすぐには連絡を取らないで下さい」

それは私たちの関係の、終わりの宣言のように聞こえた。

「落ち着くまで、少し悠介の様子を見なくてはと思っています」

「分かりました……」

私がそう言うと、父は、また連絡しますと言って、ぷつりと電話を切った。

カレンダーを見ると、月島がアメリカに行った日から、まだ二週間しか経っていなかった。

もう二度と月島に会えないのかもしれない。落ち着くまでとは、どのくらいの期間なのか、全く見当がつかなかった。

私は電話口で、泣きながら帰りたいと言った月島の声を思い出していた。

どうしてなのか、大切にしようと思えば思う程、私たちはお互いを蝕《むしば》んでいってしまう。

一週間が過ぎても、着信履歴は、月島の父で止まっていた。

私はピアノを一日中弾くことで、出来るだけ自分を保とうとしていた。ピアノを弾いていないと、突然涙がぽろりと出てしまいそうで、結局すぐにピアノの前に戻ってきてしまう。こんな時に、ピアノは何も言わずにそばにいてくれる。

かつて泣いて叩いたこともあるのに、練習を何度も中断したこともあるのに、それでも私はピアノに救いを求めてしまう。

ピアノがなかったら、私は月島と一緒になって、暗いところへ落ちていたのかもしれない。

十四 ナイフ

一日が、淡々と過ぎていった。日々軽やかに動くようになる指とは反対に、私の心は重く沈んでいく。一日中同じ部屋の同じ場所で過ごし、同じことをしていると、今日が何月何日で、今何時なのか、すぐに分からなくなるものらしい。

ピアノの鍵盤に手を置こうとすると、後ろで控えめなノックの音がした。はあい、と応えると、ゆっくりと扉が開いた。

部活動のユニフォームを着ている弟の尚樹の姿があった。大きなテニスのラケットバッグを肩にかけている。尚樹は訝しそうに扉の前で言った。

「姉さん、月島君が来てるよ」

え？

私は驚いて何も言えなかった。もう当分、もしかしたらもう二度と、会えないものだと思っていた。

予想外の事態に慌てて、私はとりあえず携帯電話を確認したが、やはり何の連絡もきていない。

「月島君、何かちょっと変な感じだけど、大丈夫？」

尚樹は言いにくそうにそう言って、ラケットバッグを肩から下ろした。

大丈夫……？

月島が電話口で倒れてしまった日から、彼がどんな時間を過ごしていたかを、私は知らない。月島がいつ帰国して、家で家族とどんな話をしたのかを、私は知らない。言いたいことも、聞きたいこともたくさんあるけれど、今会うのは怖い。もしまた倒れてしまったら、私は月島の両親に何と説明すればいい？

「分かった、大丈夫……」

私は尚樹を安心させるためだけに言った。でも尚樹は私のそばに寄って、肩に手を乗せながら、

「姉さん、月島君の話し方、ちょっと普通じゃなかったよ。何があったのか分からないけど……無理しないで」

と言った。

ピアノのための防音が施されている私の部屋のドアは、普通よりかなり厚みがある。自分の心のように重い扉をゆっくりと全開にして、私は玄関へと向かった。

「何かあったら、俺は部屋にいるから呼んでよ」

尚樹はラケットバッグを肩にもう一度かけて、自分の部屋へと戻っていった。

玄関に立つと、磨《す》りガラスから人影が見えた。緊張して、扉を開ける手が汗ばんでいる。内側からがちゃり、と扉を開けた。

月島が立っていた。

どうしてなのか、パジャマを着ている。病院からそのまま脱走してきたような格好だ。痩せた。たった数週間ぶりの再会なのに、彼はまるで別人のように痩せている。目が鋭い。私は得体の知れない恐ろしさを感じた。青白い顔が、口元に笑みを作る。

「やあ」

「やあ、じゃないよ」

「そう？」

「そう、じゃないよ」

私は困ったように笑ってみたが、月島は笑わなかった。

彼はアメリカで買ったピンク色の靴をゆっくりと玄関で脱いで、私には何も聞かずに勝手に部屋へと歩いていった。たった数週間前に買ったとは思えない程、靴はぼろぼろになっている。

月島は扉を開けて、ゆっくりと床に腰をおろした。私はその隣に立って、月島の様子を窺《うかが》う。

「ここに来て大丈夫だったの？」

「まあ……」

「私、君のお父さんから、悠介と会わないでくれって言われてるんだよ」

「そうなんだ」

「家族は知っているの？　ここに来るって」

「大丈夫だよ」

「大丈夫じゃないと思うけど……」

私はため息をついて、彼の隣に座った。すると月島の手首に、プラスチックのネームタグがついているのが見えた。

YUSUKE TSUKISHIMA　1985/10/1　St. William Medical Center Hospital

すっと血が冷たくなった。それは病院のタグのように見えた。もしかすると、アメリカの病院に搬送された時につけられた、患者用のタグではないだろうか。

どうしてそんなものをつけているのだろう……。

タグに気づいてから、嫌悪感がぞわぞわと背中から上がってきた。ただ切るのを忘れているだけの、意味のないものだとは思えなかった。

まさか、これを見せたくてここまで来たのだろうか。

私と電話した後に何があって、どんな目にあったのか、体感してほしいのだろうか。

どうしても、タグがこれみよがしにつけられているように見えてしまう。

私は大きく息を吐いて、頭を抱えた。

「どうして今日はうちに来たの？」

「さあ……」

「さあってことはないでしょ」

「うるさいなあ……」

月島は下を向いたまま、鬱陶しそうに言った。

「私、ピアノ練習しなきゃいけないんだよ」

「だから何なんだよ」

「だからとかじゃなくて……」

「うるさいって言ってんの」

月島は突然ピアノの椅子を足で蹴って、大きな音をたてた。威嚇するような目で、立っている私を見上げている。

「どうしてうちに来たの。私、会いたいなんて言ってない」

大きな音につられて、私も少し大きい声を出した。床に座っている月島に向かって、ため息をつく。

「私だって、やることたくさんあるんだよ」

「うるさいなあ……」

「いつも自分が大変だ、大変だって顔してるけど、私の気持ち、考えたことないでしょう？　私も大変なんだって、どうして分からないの？」

「うるさいって言ってるだろ！」

びいいと耳に声が響く。月島は急に立ち上がって、部屋のすみにあった除湿器を足で蹴飛ばした。ピアノのために湿度を調整していた除湿器が横に倒れると、ピーピーというエラー音と共に水がこぼれて、毛足の長い絨毯を濡らした。

「ああ……もう最悪……」

私は、ぐしょぐしょになった絨毯を見ながら、情けない声で言った。

「どうしてこんなことするの。私のことを苦しめたいの。何か怒ってるの。ねえ、何でいつもそんな風になっちゃうの」

月島は部屋の隅にあるベッドの上に移動して、苦しそうな顔で息をし始めた。はっはっという、何度も浅く息を吸う音がして、のど元を自分で押さえている。

「もうやめてよ……」

その呼吸の音さえ、私を責めているように聞こえた。

私は部屋の扉を開けて、洗面所にタオルを取りに行った。さっきの呼吸は、もしかするとパニック障害の症状かもしれない。過呼吸を起こしているのかもしれない。頭では分かっているのに、可哀想とも、助けてあげたいとも思うことが出来ない。あんなに苦しそうな月島を見ても、何の感情も湧いてこない。ブレーカーが落ちた時のように、自分の感情の幾つもが、オフになっている。

タオルを持って部屋に戻ってくると、月島は何かに怯えるように、顔を覆って身体を丸くしていた。発作のような症状は治まっていた。

「どうしたの」

私が淡々と聞くと、月島は頼りない声で、

「どこに行ってたの」

と言った。

「タオルを取りに行ってたよ」

「なんで」

「なんでって……」

「いないから、どこか行ったのかと思った」

「君が私の部屋を水びたしにしたからでしょう」

「俺がやったの？」

「何言ってるの……？」

「俺が……おしっこ漏らしたの？」

もう、何を言ってるんだろう。私は肩を落として、タオルで絨毯の水気を絞るように吸い始めた。訳が分からない。息を吐く方の音を、わざと大きくしてしまう。

「俺がおしっこ漏らしたからこんなびしょびしょなの？」

「……君が除湿器を倒したんです」

私は嫌味をたっぷりと込めた言葉を吐いて、乱暴に絨毯をふいた。こんなの、勝手すぎる。やっぱり私のせいなんかじゃない。パニック障害になったのだって、アメリカから帰ってきたのだって、私のせいなんかじゃない。

現に月島はこんなにも無茶苦茶で、人のことなんて全く考えてないじゃないか。何なの、勝手に来て、勝手に水浸しにして、勝手に泣きそうになって、もう、何なの。

「もう……帰ってよ。何で来たの。帰ってよ。お願いだからもう邪魔しないでよ。君が留学するって言うから、私は君がいなくなってからたくさんピアノを弾こうって決めてて、君のいない生活を頑張ろうって決めてて、一人でも頑張れる準備を一年間してきたんだよ」

話し始めると、言葉は止まらなくなった。

「もう帰ってきたんだからそんなこと言っても仕方がないけど、日本に帰って来たからって、今度はどうして邪魔するの。どうしてそんなに勝手になれるの。それとも何か私を責めたいことでもあるの。私のせいでアメリカ留学が上手くいかなくなったと思っているの。それなら何か話したらいいじゃない。私に怒ったらいいじゃない。話せない状態でなんか、もう、来ないでよ。もう、帰ってよ。君がいたら私、何も出来ないよ!」

辞書で類義語を調べた時のように、私の頭の中は同じような言葉で埋め尽くされていた。自分の言葉を止められずに、同じ意味の言葉を排出し続ける。

すると、月島は急にベッドから立ち上がって、暴力的な動きで戸棚から何かを掴んで戻ってきた。

咄嗟に後ずさりすると、机にぶつかった。教科書や買ったばかりのペンが音を立てて床へ落ちた。

もう、どうして。どうしてこうなってしまうの。一体私が何をしたって言うんだろう。一体私が何をしなかったって言うんだろう！

「うるさい！」

突然月島が叫んだ。

次の瞬間、私は押し倒されていて、目を開けると月島が私の身体の上にいた。

「うるさいんだよ」

顔のすぐ近くに、月島の顔があった。ぎょろんと前に出ている目は、流血しているのかと思うくらい、血走っている。細い血管の中で、赤い血がどくどくと波打っているのが見えて、ああ、生きているんだなあということを、何故かこんな時に思った。

いつから、こんな風になってしまったのだろうか。

私の身体に馬乗りになっている月島。赤い目で私を睨みつけている月島。

冷たい。ひやっとしたものを首筋に当てられて、反射的に肩が上がった。

首筋には、カッターナイフが当てられていた。

十五　終わり

三センチ程出ているカッターの刃先が、首に当たっている。私は上に乗っている月島を睨みつけて、

「やめてよ」

と、軽蔑を込めて言った。口を結んでいても、うっすらと涙が浮かんでしまう。こんな風に力で組み敷かれるのが、悔しい。

月島は頭を振ったり、必要以上にまばたきをしたり、落ち着きのない様子で私を見ていた。その全てが、どうしてもわざとやっていることのように見えてしまう。具合が悪い素ぶりは、私へのあてつけなんだ。私が冷静に距離を置こうとしていることが、気にくわないんだ。

月島は、私を自分がいるところまで引きずり込もうとしているんだ。

そう思えば思うほど、私の声は余計に冷たくなっていく。

「何のためにこんなことするの」

「うるさいんだよ。殺そうか？」

「そんなこと出来ないよ」

「やってみる？」

おもしろがっているような声。私は苛立った。

「どうしてそんな風に言うの？」

「は？」

「何でそうなっちゃうの？」

「う、る、さ、い」

彼はそのひと文字ずつを発音しながら、カッターを四回首に押し当てた。カッターの刃先は、もう体温でぬるくなっている。

「もうやめてよ……いい加減にしてよ！」

「うるさいって言ってるだろ！」

顔に、血管が浮いている。唾が飛ぶのを、スローモーションで見ているようだ。相手の声に被せるように、私たちの声はどんどん大きくなっていく。

「やめて、本当にやめて、もう帰って帰って帰って！」

「うるさい！」

「もうやめて、警察呼ぶよ！」

喉を震わせて叫ぶと、脳に通っている血管が切れたような音がした。どくどくどくと心臓が脈打つ音が聞こえる。

焦点がぼんやりとした。月島は狂ったように笑って、刃先をこちらに向けていた。

段々と、血が体外へ流れていくように、もうどうでもいいや、という気分が広がっていく。もういいや。もう、一緒にいられなくてもいいや。この人のために頑張らなくていいや。この人がどうなってもいいや。私も、もうどうなってもいいや。

私は天井を見上げた。

すると、かちゃりと小さな音がして、部屋の扉が開いた。

「どうしたの……？」

弟の尚樹だった。心配そうな顔が、急にはっきりと映る。

「月島君、何やってるの。ちょっと、何持ってるんだよ。おい！」

尚樹は大きな声を出して、部屋に入ってきた。まっすぐベッドまで歩いて、月島の腕を摑む。弟が大人の男のような声を出したのを、初めて聞いた。

「姉さん、とにかく離れて。離れて！」

尚樹は叫んだ。すぐに月島からカッターナイフを取り上げて、月島の身体を私から離す。

すると月島はだらりと力を抜いて、ベッドにへたりこんだ。尚樹が刃先をカリカリとしまって、ズボンのポケットに押し込む。

「大丈夫？」

振り返りながら、尚樹はまだ月島の腕を摑んでいる。私は口を結んだまま、二度頷いた。

うぇえん、という声が聞こえてきたのは、その直後だった。

ベッドを見ると、月島が膝を抱えて泣いていた。運動会でビリだった子どものような、大切な髪留めを友達の家でなくした子どものような、そんな声だった。

そんな声で泣かれたら、まるで私が加害者みたいだな……。

力が抜けていった。恐ろしい般若《はんにゃ》のような顔をしていたのに、今は小さな子どもになってしまったみたいだ。

私は部屋から出て、月島の父に電話をかけた。状況を説明すると、父はすぐに迎えに行くとだけ言って、電話を切った。

部屋に戻ると、月島は相変わらず同じ場所で泣いていた。尚樹は月島の腕を摑んだまま、見張っている。私はピアノの椅子に腰かけた。誰も言葉を発さないかわりに、時計の針の音だけがチッチッチッと時を刻んでいた。

インターフォンが鳴った。

ドアをあけると月島の父がこんばんは、と言って頭をさげた。大柄な身体は、会釈をするだけで安心感がある。悠介、部屋にいますか。父の低い声。私は頷いて、玄関の目の前にある自分の部屋の扉を開けた。

「悠介、帰るよ」

父の言葉に、私は安堵した。やっと解放される。月島の前にいた尚樹が、彼の父を見てその場からどいた。

「別に一人で帰れるよ」

「悠介、今日は一緒に帰ろう。迎えにきたから」

「いいよ、頼んでない」

「夏子さんのおうちにもご迷惑だから。今日は帰らなきゃ」

「警察呼ぶって言われた」

月島は抗議するように言った。彼が言った言葉が子どもの声のように聞こえて、私はベッドの方を見た。小さい子どものような、無防備で不安げな顔。涙が頰をつたっていた。

「気づいたら、なっちゃんが警察を呼ぶって叫んでた。俺は何があったか、よく分からないんだよ。俺……」

「分かった。その話は家に帰ってから、ちゃんとしよう。今日は車で来てるから、とりあえず一緒に帰ろう」

月島の父が優しい声で近づきながら、ベッドにいる彼の手を引いた。

すると突然月島は人見知りの猫のように威嚇して、父の大きな身体をするりと抜けた。

「ちょっと、待て！」

父は急いで身体を反転させたが、月島はピンク色の靴をひっかけて、そのまま外へ飛び出して行ってしまった。父もあとを追ってでていった。一瞬の出来事だった。

扉が閉まって、がしゃんと音をたてる。

…の詰…

池袋ウエストゲートパークXIV

…さらす一管理人」をマコトが追う！

累計65万部、大人気の紅雲町珈琲屋こよみシリーズ第七弾

吉永南央
黄色い実
紅雲町珈琲屋こよみ

お草さんが営む「小蔵屋」で働く頼れる店員・久実。ついに久実にも春が……!? 浮き立つ店に衝撃のニュースが飛び込んでくる

●600円
791557-5

彼はわたしの人生の破壊者であり、創造者だった

藤崎彩織
ふたご

「お前の居場所は、俺が作るから。泣くな」異彩の少年に導かれた孤独な少女。その苦悩の先に見つけた確かな光。鮮烈なデビュー小説

●690円
791558-2

傑作ミステリー

水生大海
熱望

「私はただ幸せになりたかっただけなのに」。31歳、独身、派遣OLの春菜は、男に騙され、仕事も切られ、騙す側になろうと決めた

●690円
791559-9

明日乃
お局美智 極秘調査は有給休暇で

突然の異動命令に不穏な動きを察知した美智。秘密の音声ファイルを開くと、そこには会社の存続に関わる危機が待ち受けていた——

●830円
791561-2

中路啓太
ゴー・ホーム・クイックリー

昭和21年2月、GHQに憲法試案を拒否され英語の草案を押し付けられた日本。内閣法制局の佐藤らは不眠不休で任務に奔走するが

●880円
791560-5

鳥羽亮
八丁堀「鬼彦組」激闘篇
斬鬼たち

日本橋のたもとで大店の主たちが無残にも斬り殺された。手口からみると、やったのは腕のたつ武士のようだ。半年前の事件に似ていた

●680円
791562-9

「居眠り磐音」シリーズ

佐伯泰英

一矢《いっし》ノ秋《とき》
居眠り磐音(三十七)決定版

姥捨の郷で嫡男・空也の成長を楽しみに穏やかに暮らす坂崎磐音とおこん。江戸帰還を決意し、田沼一派の刺客である唐人と決戦に臨む

●730円
791563-6

東雲《しののめ》ノ空《そら》
居眠り磐音(三十八)決定版

秋深まる江戸を目の前に望む多摩川六郷の渡し。幼子を背負った夫と子を宿した妻の一行は、待ち構えていた黒羽織の役人に止められる！

●730円
791564-3

世界を救うのは理系だ！

月島がどうしたいのか、誰にも分からなかった。どうしてうちへ来たのかも、どうして出て行ってしまったのかも分からない。全てを拒んでいる姿は、ただひたすらに、誰かを困らせたいようにしか見えなかった。

私はため息をついてピアノの椅子へと踵を返そうとした。

すると、突然玄関の向こう側から叫び声が聞こえた。

反射的に私の身体がびくっと震えた。獣のような声で、月島が絶叫している。玄関を挟んでいても、声が生々しく耳まで届いてくる。

私は急いで裸足のまま外へ飛び出した。

月島は叫び続けていた。玄関の前で、両手で頭を抱えながら、自分に巣食う悪魔を振り払うように叫んでいた。

不思議な光景だった。私は玄関で立ちすくんで、月島に見入ってしまった。なんて美しいんだろう。

野生の獣のように、月島は美しかった。涙で濡れた髪が、頰に張り付いていた。

「分かった。大丈夫だから。一緒に帰ろう。大丈夫だ、大丈夫だから。悠介、聞こえるか！」

父は月島に駆け寄って、後ろから捕まえるように抱きかかえ、大声で声をかけた。

父は月島を抱きかかえながら、無我夢中で呪文のようなものを唱え始めた。天地も裂けよと言わんばかりの父の大声が、月島の叫び声をかき消すように、決して息子の闇にのまれまいとするように響きわたる。月島を、彼のいる暗い世界から、こちら側に呼び寄せるように。

逃げようとする月島を父は離さなかった。父の意思が一帯の空気を震わせている。

私は身動きを取ることが出来なかった。

息の音を世界の誰にも聞かれないくらい静かに呼吸をしながら、私は月島と父の姿を見ていた。

月島の顔に血管が浮くのが、ゆっくりと見える。彼を押さえている父の腕の筋肉の隆起に、深い陰影がついている。

それはまるでギリシャ神話のワンシーンのようだった。

蟬時雨《せみしぐれ》がサラウンドで聞こえていた。八月になって、私はもうすぐ十六歳になる。月島がアメリカに行ってから、たった一ヶ月程の時間しか経っていないことが信じられなかった。

電話をとると、月島の父の淡々とした声が聞こえた。

「悠介は精神科の病院に入院することになりました」

喉がからからに渇いていた。手に持っていたグラスの中で、氷がかちりと音をたてるのが、妙に大きく聞こえた。

十六　夏休み

残りの夏休みは大阪の祖母の家で過ごすことにした。東京にいると、いつまでも月島のことが頭から離れていかず、何も手につかなかった。私は意を決して新幹線に乗り込んだ。

大阪の祖母の家が好きだ。花がたくさん咲いている庭と、清潔で大きなベッドと、それからグランドピアノがある。

祖母は、そこに一人で暮らしていた。

「あんた、誕生日に何か欲しいものはないのん」

祖母の声は聞いていると安心する。祖母が普段から、草木や花や動物たちと会話するように生活しているからかもしれない。

「今まで欲しいもんばっかりやってんけど、今年はなんにも思いつけへんなあ」

私は扇風機の前に座りながら言った。声が扇風機の中で回転する。母と話す時と同じように、私は祖母にも関西弁を使う。

「どないしたん。あんたほんまに私の孫かいな」

「あはは、そやなあ」

網戸の隙間から、蚊取り線香の匂いがする。外を見ると、庭にある大きなビワの木の下で、猫が涼んでいた。

祖母の家は、「西の魔女の家」みたいだ。私は、中学生の時に読んだ『西の魔女が死んだ』という小説を思い出して、祖母の庭と照らし合わせた。お日様を浴びてぷっくりと葉を太らせているサニーレタスや、幾つも実をつけたミニトマト。御飯時にそれらを摘んでくる、私の役目。

「辛気《しんき》くさい子やなあ。それやったら、何食べたいのん？　ステーキでも焼こか」

「ありがとう。ステーキ食べて、元気出すわ」

「そやで。夏は食べへんかったら、すぐバテんで」

私は水をグラスに入れて、ピアノのある部屋へと向かった。母の妹が音大を出ているので、祖母の家にはグランドピアノがあるのだ。扉を開けると、楽器がある部屋特有の除湿された匂いが、漏れるように広がった。

――悠介は精神科の病院に入院することになりました――

「入院……ですか？」

「そうです。初めは、検査をしに行くつもりでした。でも、悠介はそこでも不安定な状態になって、医師はすぐに措置入院をしなくてはならない状況だと言いました。措置入院というのは、自殺したり、他人を傷つけたりする可能性のある状態の患者を半強制的に入院させる制度で、悠介の意思とは無関係に入院させられます」

緊迫した言葉が並んで、私は息を飲んだ。

「聞いたことはあります……」

「今いるのは保護室という場所で、悠介が安定するまではそこにいるとのことでした。自殺したり、他人を傷つけたり出来ないような場所です」

「個室ということ……ですか？」

私は上手くイメージが出来ずに「保護室」という言葉から、守られているというイメージを持った。でも父はすぐに、

「個室というか……」

と言い淀んでから、

「僕が見たのは、言葉はきついけれど、檻《おり》のようなところでした。トイレもベッドも外から見えていて、監視カメラがついている鉄格子の部屋です。精神的に落ち着きが見られれば、共同のスペースにも出て来れるみたいです」

と説明した。檻、という言葉が、酷く残酷に聞こえた。実際そうなのかもしれない。檻の中で月島は、今も叫んでいるのだろうか。あの日のように。

「それから、悠介の病気についてですが」

「何か診断されたんですか？」

「聞いたことがない病気かもしれません。ＡＤＨＤという病名でした。日本語では、注

意欠陥多動性障害と言います」

チュウイケッカンタドウセイショウガイ。中国語のように聞こえたその病名を私はもう一度聞き返して、メモを取った。

「注意 欠陥 多動性 障害 はい。調べてみます」

私はそう言って、電話を切った。


私はピアノの椅子を揺らしながら、クーラーの温度を二十七度に設定した。なかなかピアノを弾く気になれなくて、ただぼうっと椅子に座る。

注意欠陥多動性障害。月島の行動は、病気からくるものだったのだろうか。初めから障害だと分かっていたら、月島の努力ではどうにも出来ないものがあると知っていたら、もっと優しい言葉をかけられただろうか。

私はアメリカに行く前に、月島が言っていたことを思い出した。

「甘えてるって嫌な言葉だよ」

いつも通り多摩川へと歩いている途中、疲れたねと言って、ガードレールに二人で腰かけた。

「頑張れない人たちのことを、世間は『甘えてる』って言う。一日中忙しくて充実している人は、家で寝転がって過ごしている人の生活を見ると軽蔑したような声で『ヒマでいいね』って言う」

言いながら、月島は嫌悪を顔に滲《にじ》ませた。

「でもさ、俺は思うんだよ。努力出来る充実した人生と、ゴロゴロしながら今日も頑張れなかったたって思う人生と、どっちか選びなさいって聞いたら、みんな充実した人生を選ぶでしょう」

「そうだね」

「人生上手くいってる奴らが、人生うまくいってない奴らに上から皮肉を言う言葉なんだって思う。甘えてる、って。だからって、俺の人生は甘えてないんだって言いたい訳じゃないけど」

「分かってるよ」

「今話したことは、甘えてるっていう言葉を使っている人たちへの非難じゃないんだ。俺にだってその気持ちは分かるし。ただ、思ったんだよ」

「何を？」

「頑張れた方がいいに決まってるじゃないかって」

私は水を入れたグラスの水滴をティッシュでぬぐった。張りつめていた糸が切れるように、私は後悔し始めた。どうして、帰ってこないでなんて言ってしまったんだろう。いつも心のどこかで、月島は甘えていると決めつけていた。やりたいことを探さず、やらなくてはいけないことから逃げている。

どうして頑張れないんだ、どうしてすぐ諦めてしまうんだと思いながら、頑張れないことが辛いなんて、私はいつのまにか忘れてしまっていたのだ。

頑張れた方がいいに決まってるじゃないか。

私は、その日ピアノを弾かなかった。

十七　波の音

月島のいない夏休みが過ぎていった。私は十七歳になって、幾つかのことを知った。注意欠陥多動性障害という障害があること。スクリャービンの和音の響きの美しさ。そして、涙は涸《か》れるのだということ。

「最近ピアノの部屋ばっかりで、えらい熱心に練習してんねんな」

祖母は朝起きると、すぐに蚊取り線香に火をつける。私が起きると、家の中は既に夏の匂いがした。

「今練習してる曲な、好きやねん。スクリャービンの『幻想ソナタ』。夜の海でな、一人で星を見ている……そんな感じ」

「なんや、えらい大人やなあ」

「そやで。もう十七やしな」

「それやったらもう小遣いもいらんねえ。頑張ってるから、何か好きなものでも買うたらええ思ってんけど」

祖母は真面目な顔でお札を出しながら、でも要らんやんな、大人やしな。と付け加えた。

「金銭的に大人になるのは、もうちょっと後やねん」

私は笑いながら、祖母から一万円を両手で受け取った。

お金を財布に入れて、私は駅前の本屋へと向かう。自転車をこぐと、風が頬にあたるのが気持ちいい。

月島が入院したと聞いてから、点滴のしずくが定期的に落ちていくように、私は泣き続けた。後悔しているような、苛立っているような、誰とも話したくないような、寂しいような気分が混じって、私は泣いた。

脳裏には何度も同じ映像が流れていた。月島が空港で振り返った時の表情、帰りたいと言った電話の声。そして家の前で叫んでいた姿。

どうしてこんなことになってしまったんだろうと思いながら、どうすれば良かったのかも分からずに、私は全てを思い出しながら、身体を洗い流すようにたっぷりと涙を流して、そしてある日ぴたりと泣かなくなった。

それは強くなった訳でもなんでもなく、ただ、涙を溜めておくタンクの中が空っぽになっただけのようだった。きっと、涙の量にも限度がある。

本屋に着くと、冷房が効いていた。自動ドアが開くと、ふわりと紙の匂いがした。

私は平積みされている新刊をめくると、頭がすっとして、いつもすぐに本の世界へと入っていける。折り目のついていない新しい紙を手にすると、心がときめいて、何時間でもここにいたいと思うのだ。

でも、楽しみにしていた新刊を手にしても、素敵な装丁の本をめくっても、私の頭の中では同じ旋律が繰り返し流れるだけで、まるで心が別の場所にあるみたいだった。頭の中で繰り返される美しい旋律、それは練習している、スクリャービンの「幻想ソナタ」のフレーズだ。

私が家で弾いてみせた時、月島は綺麗な曲だ、と言ってから、

「あの日の夜の海みたいだ」

と言っていた。

あの日の海。

二人で植物園に行った帰り、新木場を散歩していると、日が刻々と落ちていった。電灯の少ない歩道は、瞬く間に夜を迎えていく。

私たちは急いで駅の方角へと歩いた。あたりは真っ暗で、人通りもない。近くにある陸橋にのぼってみても、明かりはほとんど見当たらなかった。ものの数十分で闇に包まれたような気がして、私は急に恐ろしくなって足を早めた。

すると月島は突然足を止めて、誰もいないはずの後ろを振り返って言った。

「波……」

そう言われて立ち止まってみると、波の音がかすかにした。息の音をたてないように、耳をすませる。ざざん。ざざん。明かりのない真っ暗闇のどこかで、確かに波が打ち寄せる音がした。

はっと気づいて、息を飲んだ。咄嗟に月島のシャツの裾を摑む。どうして気づかなか

ったのだろう。

明かり一つない景色は、海なのだ。全ての光を飲み込んでしまったような広大な海の中で、静かに波が打ち寄せていたのだ。

一瞬で死と隣り合わせの場所へ迷い込んでしまった、あの夜の海。あの夜の旋律が、いつまでも私の頭の中で繰り返されている。


夏が過ぎて新学期が始まっても、月島はまだ病院の中にいた。

私が昼休みにベンチに座ってお弁当を食べていると、美術科の男の子がやってきて隣に座った。男子生徒は、この学校では珍しい存在なので、すぐに顔と名前が一致する。

「西山ってさ、彼氏いるの？」

唐突な質問に私は苦笑いをした。こんなにも月島のことばかり考えていると、いないと答えても嘘になってしまうような気がする。

「じゃあ好きな奴がいるの？」

「好きというのとも、違うような気がするんだけど……」

私が曖昧に答えると、男子生徒はあからさまにつまらなそうに「ふーん」と言って、続けた。

「何か意外」

「何が？」

「西山ってもっと、はっきりした奴かと思ってた」

どう答えたらいいか分からず、私はお弁当に目をやった。母が作っておいてくれる数品のおかずと、自分で焼いた卵焼き。お弁当用に少し固めに焼いたのが功を奏して、綺麗な形で隅にはまっている。

「じゃあさ、今誰かと付き合うつもりはないってこと？」

「そんなことないよ」

そう言いながら茹《ゆ》でたブロッコリーを箸《はし》でつまんでいると、突然、分かってしまった。これが、好意を寄せられるということ。好意とは、こういうことだったのか。この男子生徒は私のことが好きなのだ。

咄嗟に私は付け加えた。

「私は今、ピアノのことで精一杯だから……」

「そうだよな。みんな、今は受験に必死だよな」

胸が不安な音をたてていた。

月島が私と一緒にいたのは、好意があるからだと思っていた。けれど、他人からはっきりとした異性としての好意を寄せられて、私は月島との違いに愕然《がくぜん》とした。

月島はこんな目で私のことを見ないし、こんな言い方もしない。あんなに長い時間を一緒に過ごしたのに、月島は、ちっとも私のことを異性として見ていなかったのかもしれない。

隣にいる男子生徒が、

「悩みならいつでも聞くよ」

と軽やかに言った。

好意がこんな風に筒抜けなことを、気に留めている様子はない。

「ねえ、じゃあ……愛っていう言葉を定義するとしたら、どんな風に言い換えられると思う？」

私は月島に聞いていたように、男子生徒に聞いた。

「また突然だな……」

「ねえ、説明出来る？」

私はお弁当を半分残して、蓋《ふた》をしめた。男子生徒の顔を見ると、額に汗をかいている。

「さあ。そんなこと、わざわざ考えることじゃないだろう」

「どうして？」

「考えても仕方がないことだから」

「どうして？」

「こういうものを愛だと定義していますって彼女に言われたら、何だか微妙だなあって思う。そんなことは、わざわざ言葉にしなくてもいいんじゃないの。好きだ！　って気持ちで充分だろ」

男子生徒は爽やかに笑った。そして、あんま難しいことばっかり考えてると受験落ちるぞ、と言って、教室へと戻って行った。

私は肩を落とした。無茶な質問をしたことは分かっている。愛が何かなんて、突然そんなことを聞かれて、答えられる人の方が少ないことも分かっている。

でも私は、比べずにはいられなかった。月島だったら何と言うのだろうか。以前話した時は、当てはまる言葉はなかなか見つからないのだと言っていたけれど、それは今でも変わっていないのだろうか。

空を見上げながら、何だか懐かしく思った。

きっと相手が月島だったら、話し合いは朝まで続くだろう。きっと月島だったら、考えもつかない新しい話をしてくれるだろう。きっと月島だったら。

月島が病院に入ってから、私は、やっぱり愛は理性のことなんじゃないかと考えていた。私に理性があれば、今頃月島は病院に入らずに済んだかもしれない。そう言ったら、月島はなんと言うだろう。

私たちは今も言葉の意味を考えるゲームを続けられていたかもしれない。二人で理性について話し合うことが出来たかもしれない。

こうなってしまったのは、私のせいなのだろうか。

考えても仕方がないことばかり思いながら、私は教室へと戻った。

十八　白い花

ピアノのレッスンの帰り道、三軒茶屋にある先生の自宅から駅まで歩いていた。繁華街を抜けていると電話が鳴った。久しぶりに電話が鳴ったので驚いて取り出すと、画面には公衆電話と通知されていた。

もしかしたら。

私は、震える右手を左手で押さえながら、恐るおそる通話ボタンを押した。

「なっちゃん、今何してるの?」

月島の声がした。いつも通りの声なのに、とても懐かしく感じる。月島が入院してからたった数週間しか経っていないのに、何年ぶりかに声を聞いたみたいだ。

「今どこから電話してるの?」

私は月島の様子が分からなくて、訊いた。

商店街の中から、一本裏通りへと移動しながら話す。パチンコ屋や、薬屋の店員の声が遠ざかって、自分の声と足音だけが通話マイクに響く。

「まだ病院だよ。本当は電話は使っちゃいけないんだけど、家族にかけるためのテレホンカードでかけてるよ」

月島の声はまるで何事もなかったような声だ。私は唇をぎゅっと噛んでから、声を出した。

「そう……私、もう二度と連絡がこないんじゃないかって思ってたよ」

私たちが最後に会ったのは、月島が私にカッターナイフを向けた日だ。あの日、月島なんてもうどうにでもなれと思ったのに、数週間経った今では、月島から電話がきて、こんなにも安堵して、泣いてしまいそうな自分がいる。

「病院はどう？」

私は以前のように月島に訊いた。身体中の血が暖かくめぐっていく。

「最悪だよ。少しは慣れてきたけどね」

「どんなところで寝てるの？　部屋は個室なの？」

「相部屋だよ。男だけの四人部屋。一人は全然話さない人、二人目は全然眠れない人。眠れない人は、いつもディズニーの絵が描いてあるジグソーパズルをしてるんだけど、一度完成すると壊してまた初めからやり直すんだよ。そんなことしてたら、余計に眠れなくなりそうだと思わない？」

私が、ちょっと気持ち分かるけどな、と笑うと、月島はそういうもんかなあ、と納得がいかなそうに返事をした。

「四人部屋でしょ？　もう一人は？」

「もう一人は凄く美意識の高いおじさん。いつも服を畳んだり、爪を磨いたり、髪をといたりして、一日中ずっと身の回りを綺麗にしてる」

「それは何とも個性豊かな部屋だね」

月島は、そうなんだよ、みんなキャラが濃いんだよなと言いながら、病棟で会った人たちのことを話し始めた。

「隣の部屋に、何度も脱走しちゃうおじさんがいるんだよ。どうやってるのか俺には分からないけど、気づいたら病院から逃げちゃってて、毎回大騒ぎを起こしてる。病院内では結構有名なおじさんなんだけどさ、この間会ったから話してみたら、二つのことを教えてくれたんだよ」

月島の物語が、色鮮やかに蘇っているのを感じた。私は楽しくなって、二つが何なのかを訊いた。

「一つは、脱走したら警察が動くから本当にヤバいってこと」

「おじさんが言ってたの？　それが分かってるのに、どうして何度も脱走しちゃうんだろうね」

私は笑った。やっぱり月島だ。ぴったりとパズルが埋まるみたいに、月島は私の心を埋めてくれる。

どうして他の人では駄目なのだろう。他の人と話していても、こんな気分にはなれない。他の人では、こんな風に胸の中が白くて小さな花でいっぱいにはならない。

「二つ目はね、これは衝撃的だったんだけどさ」

「なに？」

「脱走おじさんがさ、俺の目を見て言うんだよ。オナニーしてみな。出ねえから、って」

私は眉を寄せて、え？　と言って月島の反応を待った。

「俺もさ、そんな訳ないだろうと思って試してみたんだけど、これが見事に出ないんだよ、精液」

「でも……どうして？」

「さあ。精神的に参ってるからなのか、薬の影響なのか、それはよく分からない。でも射精するっていう感覚があるのに、精液が出ないのって、何だか……ショック」

「そうなんだ……分からないけど、何となく分かるような気もする」

私は住宅街の中にある閉店している店の前に腰かけて、電話を続けた。少し前に雨が降ったのかアスファルトが湿っぽい。

「病院には他にも変わった人がたくさんいるよ。例えば、どこからか突然マッチを入手して、自分を燃やしちゃうおばあさん」

月島が話していると、どんなことでも面白そうな話に聞こえてくるのが不思議だ。まるでファンタジー映画の登場人物のようでもある。

「女の人も同じ場所にいるんだね」

「真ん中に談話室っていうところがあるんだよ。そこが男女共用のスペース。談話室を挟んで、男子と女子の入院病棟に分かれてるんだよ」

まるで修学旅行の宿舎みたいだ。私は建物を想像しながら、少しずつ詳細を描いていった。

「起きてから、いつもは何をしてるの？」

「親父がギターを持って来てくれたんだ。俺が音楽が好きなんだって言ったら、先生が特別に許可をくれた。アンプをつないでないエレキギターなら音が小さいからいいよって。だから、ギターを弾いてる」

「そう。それは素敵だね」

月島が談話室でギターを弾いているなら、きっと歌っているんだろう。月島の歌声は本当はとても綺麗だ。でも普段は、どうしてなのかあまり普通の声で歌わない。嗄《か》らしたような声で歌ったり、叫んでいたり。

もっと普通の声で歌えばいいのにと言うと、月島は俺はパンクロックがやりたいんだよ、とぶっきらぼうに言っていた。

私は本当は、囁くように歌っている月島の声が好きだ。

「あ、もう切らないといけない」

「そうだね、本当は電話、駄目だもんね」

「そうじゃないけど、もうすぐ研修医の先生たちがくるから」

「研修医？」

「その中に一人、女の先生がいるんだよ。年は幾つか上だと思うけど、綺麗な人。俺は

「彼女と話すのを楽しみにしてて」

「そうなんだ」

ほら、ね。背後から、笑い声が聞こえたような気がした。だから電話なんて取らなければいいのにね。声の主が、胸の中に咲いた白くて小さな花を土足で踏んでいく。

「俺は彼女のこと、きっと好きだと思うんだ」

花畑の花が、いっせいに茎からぼきっと折れてしまう音が響いた。誰も見ていないのに、私は無理矢理口角を上げて微笑んでいた。

「それは良かったね」

私はアスファルトから腰を上げて歩き出した。電話が切れると、三軒茶屋の喧噪《けんそう》が耳に戻ってくる。

分かってた、そんなこと。

私は、自分の頬をぺちりと打って、折れた花を踏みつけるようにして、駅までの道のりを歩いた。

十九　赤い空

帰りの電車の中で、うっすらと自分が映っている硝子窓《ガラス》を見ながら、私は考えていた。月島は勝手だ。月島はめちゃくちゃだ。月島は甘ったれで、人にたくさん迷惑をかける。

饒舌《じょうぜつ》で、新しい言葉でどんどん人を巻き込んで、嵐を起こしていく。

相手が期待していることを知りながら、すかして、傷つけて、酷いこともする。でも。

私はぼんやりと硝子の向こう側の景色を見た。

月島は、悲しいときにそばにいてくれた。一緒に悩んで、答えを出してくれた。言葉の意味を考えるゲームをして、眠れない夜に電話を繋いでいてくれた。友達の作り方を教えてくれた。

月島は、一人ぼっちだった私を「特別」にしてくれた。

コバルトブルーの空に電線が何本もかかって、その上に鳥がとまっている。まるでピアノの楽譜みたいだ。

鳥たちは楽譜から解き放たれるように空に飛び立っていった。

私は電車から降りて家路についた。何度も二人で歩いた道を一人で歩きながら、結局月島のことを恋しく思っている。

あんなに大変なことがあったのに。あんなに悩んで苦しんだのに。

空が赤く染まっていった。一人で美しい空を見るのは、何だか寂しかった。

いつか月島が言った通りだ。綺麗だね、と言う相手がいないと、こんなにも寂しい。

赤い空は私にカッターナイフを向けた月島の目のように、どくどくと脈打っているように見えた。


月島の電話から一週間が過ぎた。

もう病院から電話がかかってくることはなかったが、月島の父は電話で、もうすぐ月島が退院することを教えてくれた。

「悠介は自宅に帰ってきますが、まだ不安定なことに変わりはありません」

私は、はい、と答える。月島から電話が来たことは言えなかった。

「悠介はすぐに夏子さんの家に伺うかもしれません。迷惑をかけないようにとは言っているのですが、二十四時間監視することが出来ないので、前回のように突然お邪魔してしまうかもしれません。何かあったら、いつでも連絡してください」

分かりました。私がそう言って電話を切ろうとすると、父は言いにくそうにまた話を切り出した。

「夏子さん、以前はよくうちに遊びにきてくれましたけど……これからは当分控えて頂きたいのです。悠介のことで、妻も妹たちも疲れてしまっています。夏子さんがいると……その、悠介はちょっと興奮してしまうことが多いというか……」

「……はい」

「申し訳ないけれど、出来るだけ安静にさせたいのです」

私は分かっていますと答えた。当然のことだ。月島は私と電話をした時に倒れ、帰国してからも、私と会ってすぐに病院に入院している。私がきっかけになっていると考えるのは、自然なことだろう。

でも電話を切ると、私は酷く落ち込んでしまっていた。

月島の病気は誰かのせいではない、と誰もが考えようとしている。私も、月島も、月島の家族も。それなのに、私は自分のせいかもしれないという気持ちと、自分のせいだと思われているのかもしれないという気持ちで今でも混乱してしまう。

元々、当分月島の家に行くつもりはなかった。その方がいいとも思っていた。でも実際に来ないでくれと言われると、自分の存在を否定されたような気分になってしまうのだった。

お前さえいなければ良かったのに。そんな声が時々頭の中で聞こえる。お前が月島を不安定にさせたんじゃないか。お前が余計なことを言って、月島の病気を悪化させたんじゃないのか。

そんなことはないと自分に言ってやれる程、私は自分に自信を持つことが出来ない。

リビングに上がると、洗濯物を干していた母が私を見つけて、目配せをした。手伝って、という意味の合図だ。

「月島、退院するって」

私がそう言うと、母は持っていた洗濯物をハンガーにかけながら、そう、と言った。

「……夏子は、どうしてそこまで月島君にこだわるの？」

「こだわるって？」

「他に男の子もいてるのに。そりゃあ、夏子の学校には少ないかもしれへんけど……」

「月島は、そういうんじゃないよ」

私は濡れて丸まった洗濯物をぱんぱんと叩いて、しわにならないように広げて母に渡した。

「そういうんじゃないって言うけどね。母親っていうのはね、何にも言わなくても何となく分かるんよ。月島君が日本に帰ってきてから、毎日そんな顔してる娘を見て、ガンバレ！とは、言われへんわ」

母はシャツをハンガーにかけた。それを受け取って、私は二つ飛ばしでボタンを留めていく。

「夏子が眠れなくなるまで考えてしまうような関係やったら、もうやめたらいいんちゃうかなと、本当は思ってる」

母は、困ったような顔で言った。娘に強制せずに意見を言うには、どんな顔をしたらいいのか、分からないのかもしれない。

「そやね。私もそう思うねんけど」

私はそれ以上話さなかったし、母もそれ以上訊かなかった。母が何も訊かないでいてくれることが、ありがたかった。

どうしていつまでも月島なんだと訊かれても、私にもどう答えたらいいのか分からないのだ。

四人家族の洗濯物は、だらりとした柳の枝のように、夜のベランダに吊るされている。夜が少しずつ肌寒くなってきたのは、秋が近づいてきたからだろうか。

もうすぐ秋だね、という言葉が風で流れていった。紺色の夜空には三日月がぺたりと貼り付いている。

月島は退院したら、どうするのだろう。

また会えるのだろうか。

また、言葉の意味を考えるゲームは出来るのだろうか。

月島も同じ月を眺めていたらいいのに。私は月がゆっくりと空を移動していくのを一人で眺めていた。

二十　分岐点

月島は退院すると、驚くほどあっさりと私に会いにきた。

もう二度と会えなくなるかもしれない、もうこれが最後になってしまうだろうと幾度覚悟を決めても、月島の方はそんな想いなど何も知らないような顔をして私に会いにくる。

しかも、何の連絡もなくいきなりインターフォンを押すのだった。

相変わらず勝手な人だ……。

私は扉を開けて、月島を部屋に迎え入れた。

入院前より体重は少し増えたみたいだ。精神的にも以前よりはだいぶ落ち着いたように見える。少なくとも、除湿器を倒したり、カッターナイフをつきつけたりはしないだろう。

月島の姿を見て、私はひとまず安堵した。

それでも月島が話し出すと、結局身体の不調についてばかりだった。

まだまだ万全とはほど遠いのかもしれない。

「酷い副作用だよ。強い薬を飲んでいるんだけれど、それはある種覚せい剤みたいな効果がある薬らしい」

覚せい剤、使ったことないから分かりにくいなあ。少し明るい声色で、私は返答する。

「薬が効いてる間は、今まで感じたことがない位集中出来るんだよ」

「なるほど。それは使ってみたいね」

「その代わり薬が効いていないと、酷い幻覚が見えたりする。今日はゴキブリが部屋の隅から大量発生して……」

「なるほど。それは使ってみたくないね……」

気持ち悪そうに顔をしかめる私を見て、月島が変な顔だね、と言った。

あまりにも真面目な顔で「変な顔だね」と言うものだから、私は可笑《おか》しくて笑った。

話をしていると、まるで何もなかったように思えた。

何度も「最後の」とつけて、今生のお別れをしたことや、アメリカの空港で手を振る時にとても寂しかったことや、私が「帰ってこないで」と言ったことも。

話をしていると、今ここで一緒にいられるのなら、他のことはどうでもいいように思えた。

カッターナイフをつきつけられたことや、絶叫している姿を見たことや、精神科の病院に入ると言われたことも。

色々なことがあったけれど、またこんな風に一緒にいるのも悪くないかもしれない。

月島の身体の不調について話しながら、私はかつての日常が戻ってくるのを感じていた。

でも、全てが今まで通りという訳にはいかなかった。

例えば普通の人の万全の体調を十として、風邪っぽい日を四くらいと仮定する。そうすると月島の場合は、最も体調の良い日で四。普段の日で三。それが二を下回ってしまう日は、二人でいてもほとんど介護のようになってしまうのだった。

少しでも遠くに出かけると、月島は大体具合が悪くなった。

まだ万全ではないのだから、家にいればいいのにと言っても、一人で家にいると幻覚を見てしまうのが怖いと言う。

どこかへ出かけようというので電車に乗ってみると、すぐに顔が青くなり、暑くないのにひどく汗をかく。こちらが話していても、突然きょろきょろとして、不安そうに何かを見ていることもあった。

私はその度に、心臓がきゅうと縮むような思いがした。また何かあったらどうしよう。泡を吹いて倒れてしまったらどうしよう。

そんな私の心配をよそに、月島はいつも私を外へと誘った。

池上や多摩川に歩いていくこともあれば、電車を乗り継いでどこかに行くこともある。でも、どこへ行っても今までのようにはいかなかった。

ある日一緒に歩いていると、月島は突然目をつぶって、ふっと意識が一秒だけ飛んだみたいに前につまずいた。顔色を見ると真っ青で、手が冷たくなっている。

「今日は帰った方がいいよ……」

私はそう言って月島に肩をかして歩いた。そうしないと、そのまま前に倒れてしまいそうな程身体に力が入っていない。

「帰ってもすることがない」

「こんなに具合が悪いのに？」

「帰りたくないんだよ」

「もしもここで君が倒れちゃったら、私はまた君と会えなくなるかもしれないよ」

「大丈夫だから」

月島の大丈夫が、本当に大丈夫だったことなどないのに。

月島の言葉を信じた訳ではないが、彼を置いて一人で帰ることは出来なかった。私たちは歩いては止まり、止まっては歩いて、病気について話す。

「頭がクラクラするの？」

「身体がとてつもなく重い。もしかしたら薬の副作用かもしれない」

「少しベンチで休む？」

月島はベンチに座ると、薬に対して悪態をついた。

こんな薬を飲んでいても、治る気がしない。こんなに副作用が強いなら、薬を飲む意味なんてあるのか。

薬のせいで人生をダメにされるかもしれない。もう薬を飲まない方がいいんじゃないか。

「医者が飲めって言ってる薬を、私が飲まなくていいんじゃないのとは言えないよ……」

私はそうは言ったが、確かに月島の容体はなかなか良くならなかった。

出かけている途中、お腹が空くこともある。以前ならよくファストフード店に二人で行ったが、月島が薬を飲んでいる間は、お腹がすいても、そう簡単にはいかなかった。

「ご飯食べない？」

私がそう訊くと、月島は気分が悪そうにこちらを見て、俺はいらないや、と言った。

「気分が悪い？」

「食べ物が、砂みたいな味なんだよ」

「全く食べれそうにない？」

「うん。匂いを嗅ぐのもきつい」

「何か私だけ食べてこようかな？」

「じゃあ俺はどこかへ行くよ」

「そっか……」

私は空腹を我慢して、また足を進めた。何も食べられない月島の前で、私のお腹はぺこぺこに空いていた。私は空腹についてなるべく考えないようにして歩いた。何だか修行みたいだった。

これが骨折だったらいいのに。私は考えた。もし骨折だったら、もっと優しくするのが簡単なのに。どうして一人で歩けないのかと、ため息なんかつかなくてすむのに。これが盲腸だったらいいのに。もし盲腸だったら、ご飯が食べられなくても仕方ないなと思うのに。どうして出かけているのに、一緒にご飯も食べられないのかと悩まなくてもいいのに。

月島はADHDという障害だけでなく、様々な症状を併発していたけれど、それはとても厄介だった。素人には、どこからが病気でどこからが性格なのか、ラインを引くことは出来ない。月島が見えない何かと闘っているその努力が、目に見えたらいいのに。私は空腹に負けないように、そう考えた。

精神を患うと、自分の体調について人に話したくなるものなのだろうか。月島は、日を追うごとに自分の体調について語り、それがどんなに辛く、苦しいことなのかを説明した。

自分の状況を私に分かって欲しいのだろう。私は出来るだけ月島の状況を想像するように努力していたが、次第に電話を取るのが億劫になっていった。

「俺、今起きたんだ」

電話越しに時計を見ると、夕方の四時だった。

「眠れなかったの？」

「眠れなくて睡眠薬を飲んだ。起きたら、この時間だった」

不安げな声が受話口に響く。

「俺だってもっとちゃんとしたいと思ってる。ただ起きて寝て、散歩してるだけの俺の生活を見て、家族は俺のことを怠け者だと思ってると思う。初めのうちは病気だから仕方がないって思ってたかもしれないけど、最近は怠惰だって思っているような気がする。確かに歩けない訳じゃないし、高熱がある訳でもないし、はたから見たら元気そうに見える日もあるかもしれない。でも、俺だってこんなに眠ってる自分が怖いんだよ。起きれるなら起きたいよ」

私は小さな声でうん、と言った。

退院してから暫《しばら》くは、辛いね、大変だねと言っていられたのに、それが半年も続くと、大丈夫？と返すのさえ難しくなっていった。

悲しみを訴えるような声を聞くと、またか、という思いから、可哀想だと思う感情のスイッチをオフにしたくなってしまう。

月島は起きられなくて怖いのかもしれないけれど、私だって眠れない夜は怖い。私だって眠れるなら眠りたい。それでも、日常生活を送っている。学校にも通って、ピアノも練習して、看病するように月島の話も聞いている。

誰しも何か問題を抱えながら日常生活を送っている中で、病気ならば、相手のことを考えずに自分の苦しみを訴えていいのだろうか？

月島が大変な時期を過ごしていることは分かっている。

でも、毎日それだけを伝えるために電話をかけてこられると、可哀想だと思うことが段々難しくなってしまうことを、月島は考えたことがあるだろうか。

「でもさ、私はご両親の気持ちも分かるよ。自分の息子が何もしないで夕方まで寝てたら、そんな生活してて大丈夫か、もっと頑張れって、言いたくもなるだろうなって……」

言ってから、これは素人が引いてはいけないラインだ、と心の中で警報が鳴る。素人が判断してはいけない、病気と甘えのライン。こんなことを言っても、月島の病気が良くなる訳じゃない。プレッシャーを与えたところで、頑張れる訳じゃないんだ。

そう頭では分かっていても、口ばかりまわっていつまでも変わらない月島に、私は苛立ちを隠し切ることが出来なかった。

駄目だ、と思いながらも、思っていることが口から滑るように出ていく。

「例えば毎日朝六時に起きて、しっかりした生活を送っていた人が病気になったなら……今は病気のせいで起きれないんだなって思う。でも君は昔から朝起きてこなかったし、高校だってすぐにやめちゃったし、どこからどこまでが病気なのかって、時々思っちゃうんだよね……」

言ってしまった、と思った。ずっと言わないでおいたことを言ってしまった。すると

月島は少し黙ってから、

「なっちゃんまでそういう風に言うんだね。そういうのはいい。そういうのは、分かってるから。もう話すことない。じゃあね」

と言って、電話を切った。

あ、ごめん。電話に話しかけると、耳元ではすでに機械音が鳴っている。やってしまった。あんなに警報が鳴っていたのに。言わないでおいたことだったのに。

精神の病気を抱えている人を、そばで支えるのは難しい。話を聞いているだけで自分の心まで病んでしまいそうな瞬間があるのに、しっかりと一定の距離をたもったまま、支え続けるのは本当に難しい。

私は深呼吸をして、本当に病気が目に見えたらいいのになあと、どうにもならないようなことを思った。


以前、私は月島に尋ねたことがあった。

「うつ病の人に、頑張れって言っちゃいけないって言うでしょう。あれは、どうしてなんだと思う？　プレッシャーになるから？」

月島は正確にはうつ病ではないけれどＡＤＨＤから様々な症状を合併しているせいで、うつ病患者と似たような薬を飲んでいた。精神疾患では、そういうことはよくあるらしい。

「俺は、プレッシャーっていうのは少し違うような気がしてるんだよ。それよりも、頑張るっていうことが何なのか全く思い出せなくなるんだと思う。頑張れって言われれば言われる程、頑張るっていうのが何のことだか分からなくて、誰も自分の気持ちを分かってくれないんだと孤独になっていく。だから言っちゃいけないっていうのは、俺はそういう意味だと思うな」

私はそんなことを言っていた月島のことを思い出して、自分の言った言葉を後悔した。

頑張れた方がいいに決まってるじゃないか。

月島は以前にも言っていた。頑張れないことが苦しい。そんなことは、毎日ピアノと向き合いながらずっと思い知らされているはずなのに、どうして私は忘れてしまうのだろう。

頑張れた方がいい。そりゃあ、そうだ。

気持ちを整理してから電話をかけ直すと、月島はすぐに出た。

「さっきはごめん！」

私が第一声で勢いよくそう言うと、月島は小さい声で、うんと言った。

「君が一番大変なんだってことは、分かってる」

また小さい声。うん。

「……でも私も、実は結構大変なんだよ」

「分かってる」

私たちは少し沈黙した。

分かってる。その一言で私の苦労を片付けるなんて。そう思いながら、でも、欲しかったのはその言葉なのだった。

分かってる。

ただそう言って欲しかった。


一年ほどの通院期間を経て、月島は徐々に薬を減らしていった。

減薬は時に上手くいかずに眠れない夜や起きられない朝が以前より少し増えることもあったが、以前のように幻覚を見ることがなくなり、突然倒れることがなくなった。食欲が出るようになり、時々一緒にご飯を食べられるようになった。

月島は、何事もなく一日を終えることを目指した。勉強をしなくても、働いていなくても、まずは起きて、食べて、眠ることから始めた。

普通の生活が出来る人間が十歩歩くことは、月島にとって、一万歩歩くようなことだったのかもしれない。たった一メートル程の距離を進むために、月島は何十キロもの距離を一人で歩かなければならなかったのかもしれない。

闘病する月島の姿を見ながら、私も精神の病気について考えてきた。

骨折を素人が治せないように、精神の病気も素人が治すことは出来ない。私が出来るのは、月島が抱える問題を「病気」だと思うことだ。

骨折した人が速く走れないのは、性格の問題ではないということ。

盲腸の人がご飯を食べられないのは、努力の問題ではないということ。

そう思うことで結局誰よりも救われるのは私なのかもしれない。


私たちはまた言葉の意味を考えるゲームをするようになり、どんな風に自分を保つべきか話し合った。思い通りにいかない時は、どうして思い通りにいかないのか話し合い、そして新芽が吹くように、また言葉が溢れ始めた。

でもそれは、以前とは少し違っている。

以前は出来るだけ近くにいたいと願い話し続けていたが、今は出来るだけその距離を離していくために話している。

生まれた場所も、見てきた景色も、同じだ。苦しみも悲しみも、共有出来る。

そう信じてしまった私たちが再び月島悠介と西山夏子という二人の人間へと分離することは、無理やり身体を引き裂かれるような痛みを伴った。

自分たちはふたごのように、全てを共有することなんて出来ないと分かるまでに、何年費やしたのだろう。どうしてこんなに苦しまなければならなかったんだろう。もし私たちが本当にふたごだったら、こんなに苦しむこともなかったはずだ。

第二部

一　地下室

十九歳の大晦日を、私は月島と迎えた。

街は深夜だというのに、人で溢れていた。隣で月島が寒そうに手を擦り合わせている。甘酒の匂いが夜の気配に混じって、見えない雲のようにあたりを漂っていた。

病院を退院して以降、次第に体調が回復してきた月島は色んなことに挑戦してみたが、そのどれにも情熱を注ぐことは出来なかった。

もう一度勉強をしてみようと塾に通い始めても、大学受験をしようと予備校に通い始めても、結局は最後まで通うことすら出来なかった。

いつの間にかノートは空白になり、参考書が鞄の中に入りっぱなしになり、最後には朝起きて来なくなる。月島の人生は、目標を達成する前にいつもどこかでフェードアウトしてしまう。

やり遂げられない人って、いる。

私はどこかで月島のことをそんな風に思うようになっていた。それはもしかしたらADHDという病気のせいかもしれないし、そうではないのかもしれない。どちらにせよ、月島は二十歳になっても、人生ゲームのスタート地点に駒を置いたままだ。

神社に続く参道の屋根の下では、赤い巫女《みこ》装束を着た女の子たちが、忙しそうに客にお守りを手渡していた。

私はおみくじの列に並んで、百円を払って一枚紙を引いた。紙を広げると、吉と書かれた横に、大きな字で文章が記載されている。

『その希望が絶望に変わることはない』

はっとして、隣で自分のおみくじを読んでいる月島を見た。

そうなればいい。過度な期待を持ってはいけないと思いながらも、私はおみくじを大切に財布にしまった。


月島は塾も予備校も辞めて、ポスティングのアルバイトだけをして過ごしている。音楽大学に入学を決めた私と、アルバイトをして過ごす月島の生活に接点はない。それにもかかわらず、私たちはよく話をした。

離れるという選択肢を考えることはもうなかった。そのかわりに私たちは、お互いの糸が絡まらないように注意しながら、時を過ごしていた。

ある日、月島は急に、

「バンドをやる」

と言った。

月島がバンドを組んでいたことは以前にもあったが、どれも中途半端に終わっていた。

まずはコピーバンドをするんだ、オリジナル曲を作るんだと勢いづくが、半年も経つとバンドメンバーが集まることもなくなり、いつの間にか自然消滅してしまう。

勉強と同じように、それが月島の通例だった。

私は正直、またか、という思いで、

「そうなんだ」

と適当な相槌を打った。

上手くいくとは思えなかったが、それでも、週に数日のアルバイト以外にすることがあるのは、月島にとっていいことだろう。

私が、

「バンドメンバーはもういるの？」

と聞いてみると、

「今はぐちりんだけ」

月島は中学のクラスメイトの名前をあげた。山口凜太郎、通称ぐちりん。

私の中学の先輩でもある彼は、知っている限り優等生タイプの人間だ。制服の襟をきちんと閉めて、汗をかいて部活に励み、真面目に勉強する。確か、部活は野球部だ。

「ふーん……」

どうしてそんな人が月島とバンドを組むのだろうと不思議に思った。二人が一緒にいるイメージが湧かず、私は適当なところに目線を合わせたけれど、

「ぐちりんとは、音楽の話が合うんだよ」

月島は嬉しそうに話し始めた。

中学生の時、月島がミュージシャンの「ゆず」のマークを上履きに描いていると、ぐちりんに声をかけられたこと。

ぐちりんは自分も「ゆず」のファンだと言って、二人はそれをきっかけに音楽の話をするようになって、最近はお互いにパンクロックが好きになってきたこと。

遅くまで話し合った夜のこと。

ＮＯＦＸ《ノーエフエックス》のメロディセンスの素晴らしさについて、ＲＡＮＣＩＤ《ランシド》の格好いい曲について。

「聴いてきた音楽が一緒なんだよ」

何故か誇らしげに言う月島に、私はまたふうんと相槌を打った。

大学の課題曲を練習していると、電話がかかってきた。手を止めて電話を取ると、いつもとは違う、神妙な月島の声がする。

「話があるんだよ」

何かを企んでいるようで、にたにたと笑っていそうなその声から察するに、悪い話ではなさそうだ。

「どんな話？」

「いいから、とにかく夜八時、雪が谷大塚《ゆきがやおおつか》のバーミヤンにきてよ」

月島はそれだけ言うと、弾むように電話を切った。突然電話をかけてきて、こちらの予定も聞かずに呼び出すなんて、一体何だと言うのだろう。

私はスケジュール帳に書いた、やらなくてはいけないことリストを広げた。大学生活を始めたばかりの人間のTo Doリストなんて、誰でも山積みに決まっている。

この山は私の人生なのだから、自分で選んで積み上げていかなくてはいけない。そう思うのに、月島がふらっとかけてきた電話一本で、その山の一番上に、ポンと予定を入れてしまう。その一つで、他のものがバラバラと崩れていく。

「なっちゃん、こっち」

雪が谷大塚のバーミヤンは、入り口で感じるイメージよりも実際は広い。月島を探していると、一番奥にあるソファ席で月島が手をあげた。反対側のソファには二人の男性が座っている。近づいてみると、一人はぐちりんだった。

「こんばんは」

「あ、こんばんは」

ぐちりんはスーツを着ていた。ネクタイは緩めているものの、スーツは着慣れているように見える。どうしてスーツなの、と聞くと、塾講師のアルバイトの帰りなんだよという。

ぐちりんがいるということは、バンドの話なのだろうか。私は明日までにやらなくてはいけないことを思い出して、何時に帰ればいいのかを頭の中で計算していた。

おしぼりを持ってきたウェイトレスにドリンクバーを一つ、と言って、月島の隣に座る。

もう一人も中学の先輩だった。見覚えのある顔に、

「こんばんは」

と挨拶をする。

矢部チャン、と呼ばれている彼は鶴のように瘦せていて、瓶底のような眼鏡をかけていた。灰色のよれよれのパーカーを着て、手首のところに開いている穴を指でいじっている。

私は二人を見ながら、

「二人が例のバンドのメンバーなの?」

と聞いてみた。月島によると、ぐちりんがギター、矢部チャンがベース、月島がボーカル。ドラマーは現在募集中なのだという。

ふうん、楽しそうだね。私が上着を脱いでテーブルに肘をつくと、そこには数枚の紙が広げられていた。何だろうと思いながら、その中の一枚を指でつまんで、目線の高さまで上げてみる。

◎蒲田駅　広さ抜群　三十畳　月額二十万円　事務所に最適

他の紙にも、同じような情報が載っている。家賃や広さ、場所などが書かれた不動産の資料だ。

「何これ」

「バンドをする場所を探してるんだよ！」

月島が勢いよく言った。目の前に座っている矢部チャンが、そうなんだよね、と苦笑いをしている。私は状況を推察しようとした。

「これからバンドをする場所を、みんなで探しているってこと？」

「そう。工場の跡地なら安く借りれるんじゃないかと思ったんだよ。防音にも向いてそうだしさ」

月島はにこりと笑った。私の持っていた紙をさっと取って、他の資料と比べている。

机に置いてある資料をよく見ると、どの間取りも広い部屋が一つと、簡素なトイレだけの造りになっていた。床がコンクリートのものもある。

でも、どうしてわざわざ工場跡地なんて借りるのだろう？　音楽スタジオなんて、いくらでもあるのに。

私が不思議そうに資料を眺めていると、月島は説明し始めた。

「一週間に一回、数時間スタジオに入ったくらいで、音楽は出来ないんだよ。俺は今まで何度かバンドをやってみて、全部上手くいかなかったけど、バンドって本当はもっとたくさんの時間が必要だったんだと思う。だからいつでもみんなが集まれる空間を作ろうと思ってさ」

月島は生き生きとしていて、目が輝いている。こんな月島を見るのは初めてのことだけれど、何の不安もなさそうに夢を語る月島に、私は逆に不安を覚えてしまっていた。

「それは素敵だと思うけど……」

一番太い字で書かれている数字が、どうしても気になってしまう。

「これってどうやって払うの？」

家賃は安くとも、毎月十数万円が必要になる。そんなお金を三人で捻出し続けられるのだろうか。月島のポスティングのアルバイトの時給は、八百五十円のはずだ。

「いいんだよ、そんなことは」

月島が言う。

「いいんだよって？」

私は言っていることの意味が理解出来ず、聞き返した。

「とりあえず、今はいいんだよ、そんなこと考えなくて」

「いつ考えるの？」

「うるさいな。今はそんなこと考えて、気分を下げたくないんだよ」

不安が胸を打った。

以前にもそんな風に無計画にアメリカに行って、帰ってきたのを忘れたのだろうか。私はあの、国際電話で何度もした会話を思い出して、嫌な耳鳴りがするような感覚を覚えた。

また途中でやめてしまうかもしれない。泣いて叫んで倒れてしまうかもしれない。そんな月島を、もう見たくなかった。折角少しずつ良くなってきたのに、どうしてまた訳の分からないことを始めようとするのだろう。

いくら月島が生き生きとしていたって、この先ずっと頑張れるとは思えなかった。何かを継続して努力している姿を一度も見たことがないのに、どうやって信じたらいいのだろう？

抱えている不安をどこまで言葉にしていいのか分からずにいると、私の心配をよそに、ぐちりんは嬉しそうに肩を揺らしながら資料を眺めていた。

月島が高校を中退して、留学もやめて、病院に入院していたことを、ぐちりんは知っているはずだ。それなのに、どうしてそんな風に楽観的でいられるのだろう。月島が、これから人が変わったように努力出来るようになると思っているのだろうか？

そうだとしたら、ぐちりんの考えは浅はかだとしか思えない。それか、あの獣のように泣いて叫んでいる姿を見ていないから、そんなふうに楽しそうに出来るのかもしれない。私はどうしても、あの姿を忘れることが出来なかった。

「やっぱりここしかなさそうですな」

ぐちりんは数枚の紙の中から一枚の資料を抜き取って、みんなの前に出した。相変わらず不安の色は見えない。

「ここだよね」

月島が紙を確認して、同意した。
◎大鳥居駅　地下一階　六十畳　月額十万五千円　元印刷工場
月島とぐちりんは口々に言った。

「賃料、月十万円だったら、頑張ったらアルバイトで何とかなるかも」

「高いけど、きっと払えない額じゃないね」

「何とか、四人いればね」

私は耳を疑った。

「四人？」

矢部チャンを合わせても、三人しかいない。

「そう。やらないの？」

月島は当たり前のように、私の目を見た。

「やるって、私は何をするの。バンドメンバーでもないのに？」

「何かあるだろう。バンドを一緒にやらなくても、ピアノが弾けるんだから、なっちゃんはそこで練習したりすれば？」

むちゃくちゃだ。ピアノの練習をわざわざ工場でやる必要なんてない。一体何を考えたら、無関係の私をそんな計画に巻き込めるのだろう？

まったく信じられない。いきなり呼び出して、自分の計画に必要な賃料を払う頭数に入れているなんて、本当に、どこまでずうずうしいのだ。

腹を立てている私を見て、月島は言った。

「嫌ならいいよ」

……ずるい。

そんな風に言われて、私が断ったことがないことを月島は知っている。私が積み上げてきた山の一番上に、彼の予定を置くことを、月島は当たり前だと思っている。私が積み上げてきた他のもののことなんて、きっと一度も考えたことがない。

関わってはいけない。こんなに無計画なものに参加するなんて、あまりにも危険だ。また辛い思いをするに決まっている。でも、心とは反対に口が勝手に動いてしまう。

「やるよ……」

私はどうしても、月島に逆らうことが出来ない。

「よし、決まったね」

月島はドリンクバーのグラスに、四人分の野菜ジュースを入れて持ってきた。

「これから宜《よろ》しくってことで」

コンという音をたてて、四つのグラスが重なりあう。三人は目の前で、ゴクゴクと野菜ジュースを飲み干した。

その希望が絶望に変わることはない。どうかそうであって下さいと、私は祈るように財布を握りしめた。

二　契約書

地下室を借りるために必要なお金は、計九十四万五千円だった。初期費用として、敷金が七ヶ月分、礼金が一ヶ月分。そして当月の家賃一ヶ月分で、締めて九十四万五千円ということだ。

その費用を私が支払う義務はなかったが、それを聞いてすぐに通帳を持って銀行に向かったのは、単純に放っておけなかったからだ。

月島たちに、そんな金額が払える訳はない。

私の通帳を記帳すると、残高は十万円だった。私はその全額を引き出して、十枚の紙を大事に月島たちに託した。

「みんなは幾らあったの？」

聞いてみると、矢部チャンは三万円、月島にいたっては一万円しか残高がなかったのだという。

呆れた。三人合わせても、十四万円にしかならない。

私は月島に対して、苛立ちがこみ上げてきた。やりたいことを先に決めたところで、やっぱり無理じゃないか。

残高一万円で物件を借りて音楽をする計画を思い立つなんて、何を考えているんだろう。一体誰が払うと思いながら、無計画な夢物語を話していたのだろう。

月島を責めたところで、計画は中断せざるをえなかった。でももしかすると、これで良かったのかもしれない、とも思った。何百万も払ってから引き返す方が、よっぽど大変なことになってしまう。

始まる前に、終わって良かったのだ。

私が密かに胸を撫で下ろしていると、ずっと黙っていたぐちりんが突然口を開いた。

「俺、子どもの時からずっとお年玉を貯金してたんだ。ここぞという時のために使おうと思ってたけど……今だと思う」

凜とした声で、俺、人生で一度もお年玉を使ったことがなかったんだ、と続けた。

私たちは唾をごくりと飲んだ。

「お年玉でためた七十万円の預金がある。あとの二十四万五千円も、塾講師のアルバイトで貯めたお金で何とかなる。だから、初期費用は全部俺が払える」

全部？

私は呆気にとられた。二十歳にして、九十四万五千円もの大金を一人で支払うことが出来る人がいるなんて。そしてそんなにしっかりとした人が、一万円しか持っていない月島の友達にいるなんて！

ぐちりんはそのまま不動産屋へ行き、一人で契約を進めた。

そして私たちは再びバーミヤンに集合した。相変わらずドリンクバーのグラスだけが並んだテーブルの上に、ぐちりんは九十四万五千円の現金と引き換えた契約書を置いた。

「来月の十二日から入れるって。鍵の受け渡しは皆で行こうか！」

あの間取り図が本当に自分たちのものになるのだろうか。平然とした顔のぐちりんを私は改めて見直してみた。

ほんの数日前に同じテーブルで間取り図の資料を囲んでいたときには、楽しそうに計画を聞いているだけだと思った。けれどぐちりんはただの楽観的な人ではなかった。

グラスの水滴で契約書が濡れてしまわないように、私はそっとテーブルの端を拭いた。


一ヶ月後、私たちはそれぞれ自転車に乗って待ち合わせをした。

私たちは例の物件のことを、とりあえず地下室と呼ぶことにした。地下室の上には地上三階建ての建物が建っており、一階部分は工場が入っている。二階と三階は大家さんの住居だ。

一階の入り口から地下へ十段ほど階段を下りていくと、温度が少し下がった。地下の入り口には日の当たらないコンクリートの匂いが充満している。

「じゃあ、開けるね」

ぐちりんが扉に手をかけた。扉は老朽化していて、繊維に沿ってところどころ板が剝がれている。

「じゃーん」

扉はぐちりんの効果音と共に開かれた。

「凄い！」

「広い！」

私たちは口々に感想を述べた。

「臭い！」

それすらも賛辞であるかのように、隣で矢部チャンが叫んだ。

確かにこの嗅いだ事のないにおいは何だ？　私は鼻に手をあてる。

地下室は元々、印刷工場だったらしい。もしかすると、これはインクのにおいなのだろうか。閉め切った地下独特の黴《か》びたにおいと混じり合って、身体が汚染されていくような気がする。ここは本当に大丈夫だろうか。何かしらの有害物質が出ているかもしれない。私は心配になったが、三人がとても嬉しそうなので、あまり空気を吸い込みすぎないように、なるべく回数が少なくてすむように、ひっそりと呼吸をした。

月島が明かりをつけた。てんてんという小さな音が蛍光灯の中で鳴って、明かりが順についていく。白い壁と、白い天井と、合成樹脂の床が照らされて、全貌がはっきりと見える。

六十畳。なんて、広い。

この圧倒的な空間が自分たちのものになることが、信じられなかった。私はいつの間にこんなに大人になったのかと、まじまじと壁や天井を見つめる。もう自分たちだけで、こんな物件を借りられるのだ。

私たちは、探検するように部屋の隅々までを見てまわることにした。天井近くに設置してある窓の開け方を確認したり、小さな水場で、蛇口をひねって水を出してみたり。

水場の隣には、鉄製の蚊取り線香のようなものが置いてあり、その下にあるスイッチを押すとそれが徐々に赤くなっていった。

「何だろう？」

「熱くなってる？」

それが旧式のコンロだと分かる頃には、長年積もっていたであろう埃《ほこり》がじりじりと燃えていた。焦げたにおいが鼻をついた。

「何だか文化祭みたいだね」

咳き込みながら、月島が嬉しそうに言った。

高校をすぐに辞めてしまった月島は、文化祭を経験したことがない。彼はもう一度、学校を辞めてしまったあたりから人生をやり直そうとしているのかもしれない。

みんながスポーツ選手になりたい訳でもないのに部活を頑張れるのが理解できないと言って高校を辞めた月島が、バンドをやるために地下室を借りた。じゃあそれは、バンドマンになると決めたということなのだろうか。

けれど、バンドマンになって成功することは、高校に行くよりずっと大変だ。私は不安に思いながら、隣で壁の汚れを一つひとつ眺めている月島のことを見た。

太陽が煮卵のような色で街に沈んでいった。夕方になってお腹がすくと、私たちはそれぞれ、再び自転車に乗って家路についた。

月島はまだ家までの道順を覚えていない私のことを送ってくれる。自転車に乗りながら、彼は自分自身に呟くように言った。

「早くもう一人バンドメンバーを探さなきゃな」

月島は自転車を漕ぐのも歩くのも、ゆっくりだ。私は月島の横で、ゆっくりとペダルを漕ぐ。

「見つかるといいね」

自転車に乗りながら、生まれ育った街が、前からやってきて後ろへと延びていった。車の赤いライトや電灯の明かりが夕方の空にぼんやりと溶けて、視界の先で滲む。

信号が赤になったので自転車を隣に止めると、月島は唐突に言った。

「俺は、お前をバンドに入れるつもりはないよ」

私は驚いた。

「私も、君のバンドに入るつもりはないよ」

月島は頷きながら言った。

「喧嘩になるだろ」

その通りだ。どうしてそんなことを、わざわざ言うのだろう。

地下室計画の一員になった私がバンドメンバーになるというのは、自然な流れなのかもしれない。でもそんなことを望んで私がこの計画に加担した訳ではないことは、月島も知っているはずだ。

私は青になった信号を見て、先に走り出した。頼んでもいないのに、力になってあげようと思っていただけなのに、突然バンドへの加入を断られたことが不服だった。

二人の関係の中で距離を取ろうと努力してきたのは、私だったはずだ。勝手に電話をしてきて、勝手に家にきて、勝手な月島に振り回されてきたのは私だったはずだ。

それが今になって、少し体調が良くなってきたからって、そんな風に距離を取ろうとされることに傷ついた。

「なっちゃんは、そんなこと分かってるか……」

私が機嫌を損ねたのを見て、月島は言った。もしかすると、私がバンドに入れなくて寂しいのかもしれないと、心配しているのだろうか？

それは杞憂《きゆう》だ。

私たちは一緒に居ると、お互いを傷つけ合ってしまうような瞬間があることを知っている。色んな人を巻き込んでいくバンドを一緒にやることなど、考えられない。

分かっている。

私たちは、常に一定の距離を保っていないといけないことを。

離れることは出来ないのかもしれない。それでも、近づきすぎてしまえば絡まり合ってしまうことを分かっている。その苦しみを、もう充分に分かっている。

三　居場所

地下室を借りても、毎日のように四人がそこに居るのは難しかった。地下室にいても、やることがないからだ。

まだ何の機材もないのだから当たり前だが、バンド活動に必要な音楽機材や防音材を揃えるには、時間とお金が必要だった。さすがのぐちりんも全財産を使い果たし、これからは三人が持っていた十四万円と、四人のアルバイト代で一つ一つ購入していくしか方法がない。

私たちはアルバイトに精を出し、一方であまり地下室に行けない時間が増えた。

でも月島はしきりに、

「地下室に行こう」

と言って、私たちを誘った。

「何しに行くの？」

私が聞くと、

「何しにとかじゃないんだよ」

と言う。無粋《ぶすい》な質問をした私を責めているような声だった。

「どういうこと？」

「こういうことは、時間を共有しないと始まらないんだよ」

月島は時々、どこで学んだのか分からない理屈を語る。でも、何故だか不思議な説得力がある。

何も続けられたことがない月島に説得力があるというのも奇妙だが、何も続かなかったからこそ、月島にだけ分かることがあるような気もした。

確かに会わない時間が長くなっていくと、その人の優先順位は次第に下がっていく。私の時間の中で、いつも月島が優先順位の上位にくるのは、私と月島がこんなにも頻繁に会っているからなのかもしれない。

会わない時間の中で、バンドよりアルバイトを、バンドより学校を、バンドより彼女を優先するようになっていくことを、月島は懸念しているのだろうか。優先順位が下がると、人は時間もお金も使わなくなる。

私は家に迎えに来てくれた月島と自転車に乗って、地下室へと向かった。月島の後ろ姿を見ながら、家から地下室への道を少しずつ覚えていく。

「どうしてバンドをやりたかったの？」

私はふと気になっていたことを質問した。

「どうしてって？」

「一から人生を始めようって時に、どうして医者でも映画監督でも花火師でもなくて、バンドをやるのかなと思って」

月島が音楽を好きなことは知っているから、理由はそれで十分だとも思う。でも、単純にどんな風に答えるのか、聞いてみたかった。

「一番はぐちりんかなあ」

月島は考えながら言った。

言葉の続きを待っていると、坂道に差し掛かった。自転車のペダルを漕ぐ足に力が入る。足のつま先の方に体重をかけながら訊いた。それは、どう、いう、意味。

「ぐちりんと音楽の話をするのが楽しかったし、二人で曲を作ってみたのも楽しかった。俺がギターで作った曲を聴かせたら、すごいいじゃんって言ってくれたんだよ。それに、ぐちりんがいるなら、俺でもちゃんとバンドが出来るんじゃないかと思ってさ」

「そうだったんだ……」

私は、私の知らない時間を思い出している月島を横目で見た。

月島はぐちりんとどんな曲を作っていたのだろう。二人で曲を作るというのは、一体どんな作業なのだろう。

月島にとって、ぐちりんといる時間は前向きになれる時間なのかもしれない。私はぐちりんのことを羨しく思った。かつて、そうでなければならないといくら思っても、結局私にはそんな時間を作ることは出来なかった。ぐちりんのことを話す時のいつもより少し明るい顔色が、彼らのポジティブな時間を物語っている。

「ねえ、じゃあどうして音楽だったの？　好きだから？」

私の質問に、月島は視線を遠くに投げるみたいに返した。

「俺、歌だけは続けられそうな気がするんだよ」

それから、少し照れ臭そうにして、

「月島君は歌が上手だねって、中学の頃に音楽の先生が言ってくれた。両親もなっちゃんも言ってくれたし……ぐちりんも。説得力はないかもしれないけど、そんなに褒められたことって今までなかったから、これなら頑張れるんじゃないかと思って」

と言った。蒲田駅を越える坂を登りきって、下り坂を一気に自転車で駆け抜ける。頬に当たる風がひりひりと細胞を刺激した。

「君はもし人に上手だねって言われることがもっとたくさんあったら、違うことをやろうとしたかもしれない？」

私は訊いてみた。

「うん。花火師を目指したかもしれない」

「いいよね、花火師」

私はねじり鉢巻きを巻いて花火をあげている月島を想像して、くすくすと笑った。

地下室の扉を開けると、矢部チャンとぐちりんは既に到着していた。がらんどうの空間だと思っていたら、合成樹脂の床には、幾つかのキャンプ用の椅子が置いてある。

「家にあったから、ちょうどいいかと思って」

ぐちりんは、南国のリゾートに置いてあるような長めの折りたたみ椅子にもたれていた。矢部チャンも、バーベキューの時に使う椅子に腰かけている。

私は地下室の陰気な空気に囲まれたアウトドア製品を黙って眺めた。

「バンドって、こんなことしなきゃ出来ないの？」

まるで「スタンド・バイ・ミー」だ。子どもたちが膝を寄せ合う木の上の秘密基地が、地下室になっている。二十歳版、「スタンド・バイ・ミー」。

世の中のバンドマンのことは知らないが、彼らがやっていることが通常の道筋と比べると、遠回りであることは間違いないだろう。そもそもここにはまだ、ギターもベースもドラムもない。

楽器もなくて、メンバーも足りないこの三人のどのあたりがバンドなのだろう？　私は呆れたが、月島は腕を組んで自信満々に言った。

「バンドは、こんなことしないと出来ないんだよ」

隣でぐちりんも真面目な顔で頷いている。遠回りに見えるこのやり方に、賛同しているみたいだ。

「本当に？　絶対みんなこんなことしてないでしょう？」

笑いながら言うと、最初に感じていた不安がなくなっていることに気がついた。

今まで考えたことはなかったけれど、不安は楽しめるものなのかもしれない。三人を見ていると、そんな気にもなってくる。

みんなでコンビニで発泡酒を買ってきて開けた。缶が床に転がっていると、地下室は一層治安が悪く見える。もしかしたら怪しい薬をやっているか、女を連れ込んで悪いことをしているように見えるかもしれない。

今警察が乗り込んで来たら、「何だお前たちは！　こんなところで何をしている！」とまず言うだろう。そして話なんか何も聞いてくれないうちに、手錠をかけられて連れていかれるのだ。

「何にも悪いことなんてしてないんです」

「今日はみんなで集まってミーティングをしていて」

「バンドをやってるんです」

彼らは口々に言う。しかし警察官は声を張り上げる。

「何言ってるんだ、楽器なんてどこにもないじゃないか！」

その通りだ。もっと言ってやれ。

その間抜けな想像はあまりにも今の彼らにぴったりで、私はまた笑った。

急に、昔のことを思い出した。

月島が私に「お前の居場所は俺が作る」と言ってくれた、十四歳の夏。それは、このことだったのだろうか。

慣れないアルコールでうとうとと眠くなり、視界が薄い扇形へと閉じていった。いつもなかなか眠れないのに、こんな風に人がいると、眠くなるのが不思議だ。視界の中に最後にうつっていたのは、月島とぐちりんと矢部チャンが、楽しそうに話している姿だった。

四　初仕事

大学の授業を終え、夕方にピアノを教えるアルバイトをした。大学近くに住む小学生にピアノを教えることの他にも、ソロ楽器の伴奏をするバイトや、飲食店でのバイトも掛け持っている。

アルバイトを終えて、夜十時頃に地下室へと向かった。大鳥居駅に着くと、あたりはしんと静かだった。

駅から地下室までは、徒歩八分。ビルやホームセンターや工場と、住宅地が混在するこの街は、夜になると一気に人が少なくなり、全体的に薄暗くなる。

地下室の扉を開けると、三人は既に到着していた。手を洗うために水場に行くと、コンロの上に片手鍋が置いてある。着々と、新しいアイテムが増えているようだ。

「何か作ったの？」

私が鍋を覗くと、中には粘度のある白濁した水が残されていた。何かが固くなって鍋にべったりと張り付いている。こういうことをするのは、月島以外に考えられない。

「蕎麦を茹でたよ」

あっけらかんと言う月島の様子を見ると、鍋をそのままにしていることに、悪気はないらしい。なるほど、では鍋の中に残っているのは蕎麦のゆで汁か。

それにしても、よくここで蕎麦を食べる気になったと思う。人が出入りするようになって、徐々に空気は良くなってきているものの、地下室にはまだ黴臭さが残っている。

「美味しかった？」

月島は、答えるかわりに目をすぼませてこちらを見た。

そりゃあそうだ。第一お皿もなければ、ザルもないのに、どうやって食べたのだろう。想像するだけで食欲が減退する。すると横でやり取りを見ていたぐちりんが、得意げに言った。

「でもここで一番最初に料理したのは、俺だと思うな」

「何を作ったの？」

「キャベツにマヨネーズ！」

私は無言で手を拭いて、鍋を流しに置いた。

月島の始めたバンドは、あとはドラマーさえ揃えば出来るはずだった。

それなのに彼らはドラマーを探さず、まずは天井板を外そうと言い始めた。

地下室の天井には、石膏ボードがはめられている。いかにも事務室にありそうな、ごく普通の石膏ボードだ。

月島はそれを見て、

「この天井の下で音楽を作れる気がしないんだよ」

と言ったのだ。顔を上に向けた月島の隣で、矢部チャンが同じように天井を見上げている。

「音楽を作るっていう時に、この天井はないよね」

矢部チャンも月島の意見に同感のようだった。

私たちは家から脚立やドライバーを持ってきて、試しに一枚外してみた。ネジを幾つかくるくると外すと、机一枚分の空洞が天井に抜ける。

みんなで空洞の下から天井を覗きこむと、ボードの先は意外にも高さがある。何かのコードがメチャクチャに張り巡らされていて、その先はコンクリートがむき出しになっていた。

「いい」

月島は腕を組んで、天井を見上げた。

「これだね」

ぐちりんと矢部チャンも腕を組んでいた。コンクリートむき出しは、彼らの望んでいた天井の姿であるらしい。

私も同調して、彼らの隣でいいね、と言ってみた。天井の上は暗く、張り巡らされたコードの上には埃が積もっていたが、いいね、と言うと、いいような気がしてくるのだった。

「さて、じゃあ始めますか」

ぐちりんは、右手にドライバーを持った。鼻から息を吐いて、いかにも意気込んでいるのが分かる。

私は小さくため息をついた。彼らは、これから天井にはめこまれた石膏ボードをすべて外すつもりなのだ。時刻は、既に深夜十二時を過ぎている。

私、明日一限からなんだよね、と心の中で思う。地下室で大学のことを話してしまうのは、何だか場違いに思えた。

私は観念して、髪の毛を一つに結んだ。


石膏ボードを外すには、最低でも四人は必要だった。

まず二人が脚立にのぼり、一人がドライバーでネジを外す係、もう一人はネジが外れた時にボードが落ちてこないよう、支えている係になる。

これをぐちりんと矢部チャンの二人がかりで行うことにした。ネジを回すと石膏ボードが粉々になって、煙のように彼らに降り注いでいる。

「俺は下で受け取るよ」

月島は、外れたボードを脚立の上にいる二人から受け取る係になった。ボードは見た目よりかなり重く、一人で受け取るのは至難の業だ。

月島がボードを抱えたら、ようやく私の出番。月島が受け取ったボードの反対側を持ち、二人で地下室の外へと運び出す。あまりの重さに、私は姿勢の悪いオランウータンのような姿でボードを持った。

数時間が経った頃、月島は石膏ボードを運びながら言った。

「もし、俺が、バンドで、デビュー出来る、日が来てさ。インタビューとか、受けるように、なった、とする、でしょ」

ボードの重みで、言葉がいちいち切れる。

「インタビュアーに、これから出てくる、若いバンドに、何かアドヴァイスを、お願いします、って、言われたら、何て答えるか、俺は、今、決めた」

私はせーの、というかけ声で、石膏ボードの山にまた一枚を重ねた。ふうっと息を吐く。

「まだバンドメンバーが揃ってないのにそんなこと考えてるの？」

「そのうち出来る」

はあ、と月島も息を吐いた。

「それで、何て言うの？」

「天井の石膏ボードを外すときは、水中眼鏡をつけた方がいいぜ」

下でボードを受け取っていたせいで、月島の髪は真っ白になっていた。よく見ると、ぐちりんと矢部チャンの髪も真っ白になっている。地下室での作業中に、突然みんなが老いてしまったみたいだ。自分では見えないが、私も老婆のようになっているのかもしれない。

地下室全体を見回すと、照明の光が当たっているところだけ、白い煙のようなものがきらきらと舞っているのが見える。石膏ボードは脆《もろ》いので、欠けるとすぐに粉になってしまう。

コンクリートむき出しの天井が見えてくるまでに、四時間くらいの時間を費やした。あたりはまだ暗いが、朝のしずくのような匂いが、うっすらと香ってきている。

もうすぐ大学に行かなくてはいけない。それなのに、いつの間にか私は意地になっている。あと十枚……あと九枚……。

残りの枚数を数えながら、また腰を曲げた時だった。一瞬地下室がぴかっと明るくなって、全ての電気が消えた。

消えた蛍光灯を見上げるぐちりんの姿が、薄明かりの中で見える。電気が消えてしまっても、ぼんやりと姿を確認出来るほどに明るい。

「もう……朝なんだね」

月島はボードを一旦床に置いた。

「そうだね……」

「疲れたね……」

ぐちりんが額の汗をぬぐい、私は一気に息を吐いた。

矢部チャンは脚立から降りて、髪の毛についた白い粉を振り落とし始める。

地下室は停電してしまったようだった。

どっと疲れが出た。これ以上作業を進めることは出来ず、私たちは、数枚の石膏ボードを残して作業を中断することにした。

冷蔵庫を開けて、麦茶のパックで作っていたお茶を、四人分のコップに注いでいく。

「お疲れさま」

静かな乾杯。

冷たい麦茶を一気に飲み干すと、身体中が痺《しび》れるように潤《うるお》っていった。

石膏ボードを外しただけで、充実感に満たされている。一人でピアノを練習する時間とは、全く違う時間に思えた。大学とも、アルバイトとも、全く違う時間。

もしかすると、一緒に埃を被ることは、地下室の仲間になる条件だったのかもしれない、と考えてみる。

「俺、当たり」

矢部チャンが、コップを覗き込んで言った。彼の飲んでいたコップの中には、宝石のような石膏の粒が一つはいっていた。

五　メイク

地下室を借りて数ヶ月が経つと、家よりも地下室にいる時間の方が多くなってきた。私はいつも大学に行ってアルバイトを終えてから、地下室へと向かう。

地下室では毎晩深夜に作業が始まるので、私は木屑にまみれながら扉を作ったり、防音材を貼ったりする作業を手伝った。学校の授業以外のところでノコギリを使うことがあるとは思っていなかった。

作業を数時間こなし、朝になる頃少しだけ睡眠をとって、また大学へ行く。そんな生活のせいで大学の講義をほとんど寝て過ごしてしまう日もあった。

疲れてはいたが、私は少しずつ地下室のことを好きになっていった。地下室へ向かうことを「帰る」と言うようになると、より愛着が湧いた。

自宅に帰らなくなった私を、母は最初心配していたが、寝る間を惜しんで地下室に通う私を見て、次第に大きな鍋でシチューやカレーを作って持たせてくれるようになった。

地下室での生活は概《おおむ》ね快適になってきたけれど、一つだけ、改善出来ない点があった。風呂がないことだ。

地下室で身体を綺麗にするには「おふろ」を使うしかない。

地下室では、「おふろ」は浴槽のことでも、シャワーのことでもない。赤ちゃん用のおしりふきシートのことだ。

ひんやりとした「おふろ」を数枚取り出して、全身をくまなく拭き取る。地下室では、「おふろ」は入るものでも浸かるものでもなく、取り出して使うものなのだ。

髪は、水場の流し台に頭を突っ込んで、シャンプーやリンスをする。コツさえ摑んでしまえば、意外に上手く洗うことが出来る。

地下室にはドライヤーがないので、私は大家さんから貰った扇風機の前で、頭を振っていた。ワイルドだね、と矢部チャンが後ろで笑っている。

地下室には徐々に人が来るようになった。ドラマーは依然見つかっていなかったが、地下を音楽活動が出来る場所へと作り替えるために、月島は数人の友達を呼んだ。出来ないことは頑張るしかないと思っていた私にとって、出来ないなら出来る人を呼べばいいという月島の感覚は新鮮に思えた。

高校も中退して、留学からも帰ってきて、予備校も最後まで通えなかったのに、何故か昔から月島には友達がたくさんいる。

地下室にやってきたコウちゃんとシュウタも、月島の予備校時代の友達だった。

「これは酷いねえ」

コウちゃんは、地下室に入るなり天井を見上げて、張り巡らされている配線を触った。

メチャクチャに絡まっているコードを見ている時、コウちゃんは嬉しそうに笑う。

彼は電圧計のようなものを右手に持って、どの配線が生きていてどの配線が必要のないものなのか調べ始め、それらを的確に仕分けし束ねていった。まるでプレゼントに美しいリボンをかけるように。

「こんなにしたら駄目じゃないか……」

ケーブルに語りかける彼は、恍惚《こうこつ》としているようにさえ見えた。

シュウタはその間、地下室を大きなメジャーで測りながら、設計図のようなものを描き始めた。本当は月島には、ここで音楽をやらないかと誘われたのだとシュウタは笑いながら話してくれた。

「俺、音楽やったことないのに」

「じゃあ、どうして地下室に来たの？」

「面白そうじゃん！」

柔和な声が無邪気な少年のようにはずむ。

彼はまるで初めて遊ぶゲームの箱を開けた子どものように目を輝かせて、方眼紙にフリーハンドで綺麗な線を引いていった。シュウタの動きは、蝶のように軽やかに見えた。

新しい仲間たちの力が加わったことで、地下室は少しずつ音楽を作るのにふさわしい場所になっていった。彼らの力のお陰で、地下室は音楽を作るだけではなく、お客さんに披露《ひろう》も出来る場所へと姿を変えていく。

私たちが防音工事を手作業で行う横で、コウちゃんは例の調子で、

「綺麗だね……」

とステージとなる木を切り揃え、シュウタは舞うようにバーカウンターの図面を描いていった。彼らはほとんど毎日地下室に帰ってくるようになり、やがて私たちはいつのまにか、寝食を共にする仲間となっていた。

ある日、まだ何も施されていない壁を見ながら、月島は何かモチーフが欲しいね、と言った。

「針のない時計はどうかな。数字は一つずつ違う色にするんだよ」

月島はステージに上がって、手で「このくらいの大きさ」と示しながら、ちょうど自分の身長と同じくらいの直径の円を描いた。

針のない時計というのは、月島の頭の中にいつもあるモチーフの一つなのだという。私には「頭の中にいつもあるモチーフ」なんてないので、月島がそんなものを頭の中に持っていたことに驚いた。

何度月島の全てを知った気になっても、私はいつも月島に驚かされる。

私は針のない時計のモチーフが、ステージで演奏をしている彼らの後ろに大きく描かれているところを想像しながら言った。

「それはいいアイデアだね」

そんな変わったモチーフが描かれているライブハウスは見たことがない。大鳥居という所は都心部からのアクセスが悪いので、オリジナリティのあるステージにすることは一つの強みになるかもしれない。

その考えが伝わったのか、月島は突然矢を射るように私を見て、

「じゃあ、なっちゃん誰か探してきて」

と言った。

「えっ誰か？」

どうして急に？　私が同意したからだろうか？

すると月島は当然のように言った。

「高校の知り合いくらいいるだろう」

私は面食らった。

確かに、私の通っていた高校には、音楽の他にも美術専門のクラスがある。音楽科と美術科が合同で授業を行うことはないので、ほとんど知り合うチャンスはなかったが、たまたま会話をした程度の知り合いなら、数人いる。

でもそれだけで、いきなり誘うなんて不自然ではないだろうか？

私は気まずさを感じながらも、月島の勢いに負けて携帯電話の連絡先のページを捲《めく》った。

『地下室を借りて、ライブハウスを作っているんですが、壁に時計の絵を描いて欲しくて連絡しました』

我ながら唐突だ。そう思いながら数人にメールを送信した。すると、予想外にも一人の女の子からすぐに返事がきた。

高校の同級生であり、久しぶりに連絡を取った彼女は、針のない時計を描くことを、メール一本で快諾してくれた。

『面白そう、行ってみようかな』

そんなメールから三日ほど後に、彼女はふらりと訪れて、地下室の扉を叩いた。

久しぶりに再会した彼女は、高校を卒業した頃と何も変わらず、とても美人だった。

でも、彼女が地下室に入ってきた時、すっと空気が変わった。

地下室にとって、彼女は異物だった。まるで荒れ果てたキッチンに飾られた、一輪の花のように。

彼女が扉を開けて数歩歩くと、つるんと内側に曲線を描いた髪が、美しく揺れた。根元まで染まった栗色の毛。髪より少し深い茶色の眉と、薄いピンク色のアイシャドウ。手入れされた肌の上には、薄《う》っすらとファンデーションがのっている。

「こんばんは」

彼女が控えめに挨拶をすると、ぷっくりとした唇のそばに、小さなえくぼが出来る。

全員が唾をのんだ。地下室の男たちは、地下室に咲いた美しい花を讃えるように迎えた。

彼女はすぐに仲間たちと打ち解けていった。和気藹々《わきあいあい》とした空気の中で、そろそろ終電の時間だという頃、彼女は紅茶のペットボトルを鞄から取り出し、一口飲んだ。

小さくてやわらかい唇がペットボトルの口をやさしく包む。そのしぐさだけでも、彼女が男たちと、そして自分と違う生き物であることがはっきりと分かる。

「いる？」

彼女は飲んだばかりのペットボトルの口を、そのまま月島へ差し出した。

急激に心臓の音が速くなる。

ああ。どうして。

私は怒りを感じてしまう。彼女のことは私が誘って地下室へ呼んだはずなのに、彼女が女であることにこんなにも怒りを感じてしまっている。

月島は少し驚いたように彼女を見て、それからペットボトルを受け取り、ごくりと一口飲んだ。ふふ、と笑う彼女。

その光景は、自分でも驚くほどにショックだった。ショックを受けてしまう自分に、少し遠くで見ている自分がまたショックを受けている。

知りたくなかった。気づかないようにしていたのに、私はこんなにも女だったのだ。

そのことが何よりもショックだった。

私は彼女の微笑みを思い出しながら、扇風機で髪の毛を乾かしていた。頰に張り付く前髪を指でつまんで、毛束に戻す。

地下室での生活を始めてから、もう半年以上、髪を切っていない。ドライヤーを使わないせいなのか、乾いた毛先はいつも色んな方向を向いている。

地下室に来てから、女としての生活を捨てた気でいた。

いつでも作業が出来る太めの迷彩柄のパンツを穿《は》き、ペンキで汚れたスニーカーに、数日間洗濯していない黒のティシャツを合わせる。一応、それでも毎日大学に行っているが、最後にメイクをしたのがいつか、思い出すことは出来ない。

でもそんな生活を私は気に入っていた。埃まみれの男たちと寝食を共にする、地下室での生活。女としての生活を捨てたからこそ、私はここにいられる。そう信じていた。その確信が私の自信だった。

それなのに、どうして。

私は彼女とは違う。月島にむかって微笑んでいるだけではこの場所に居られない。女であることを捨てて仲間の一人になるか、あるいは……。

首を振った。どちらか一つしか選ぶことが出来ない。それなら考えるまでもなく、私の答えは決まっているはずだ。

それでも私は鏡の前で髪を少し綺麗に結び直した。そんなことでは何も変わらないはずなのに、乱れた毛先が気になってしまうのだった。

六　バンド

学校が終わって地下室へ帰ると、ぐちりんが一人で椅子に座っていた。三百六十度回転するスツールタイプの椅子は、一脚千円で購入した中古品だ。

「なっちゃん、一緒にパテしない？」

私を見るなりぐちりんは嬉しそうに言った。

パテというのは、壁がへこんだり、傷ついたりしているところを埋めるもので、柔らかな粘土のような素材で出来ている。

「いいけど、二人で？」

「そんなに穴が多い訳じゃないし、二人で出来るでしょう」

ぐちりんは、重そうなパテの缶を膝に乗せた。

もしかしたら、ぐちりんと二人きりで過ごすのはこれが初めてかもしれない。何日も同じ空間で眠ってきたけれど、他に誰もいないということは珍しかった。ぐちりんといると、どういうわけか不思議な程に安心する。

ぐちりんは、私に女であることを求めない。むしろ、汚く臭くなっていく中で、より一層の友情が育まれているような気がする。

缶を横にして施工方法を確認していたぐちりんが、急に教師が生徒の名前を読み上げるように言った。

「生殖器に悪影響」

私は眉をひそめた。するとぐちりんは生徒を脅すような声で、

「パテの缶に書いてあるんだよ。生殖器に悪影響を及ぼす可能性がありますって」

と言った。

「セイショクキって、あの生殖器？」

一応質問したが、それ以外のセイショクキを知らない。

「そう。ちんこの生殖器」

何と答えていいのか分からない気まずさが漂う。ひとまず、私は会話を進めた。

「で、悪影響ってなに？」

ぐちりんは缶を三百六十度くるくると回転させながら、私に向かってドクロのマークを見せてくれた。その下にはしっかりと「生殖器に悪影響を及ぼす可能性有り」と書かれている。

ぐちりんは自分の下半身を見下ろして、悔しそうに呟いた。

「こいつ、まだ本領発揮してないのに……」

「私だって！」

つい声を張り上げてしまう。むなしい。私たちは一体、何を張り合っているのだろう。

でもぐちりんが、パテで服を汚しながら壁に何時間も向かっているのを見ると、心拍

数が次第にゆっくりと落ち着いていった。

私たちは工事現場用のマスクをしっかりと着けて、壁の穴を埋めることにした。

二人で真剣に壁に向かっていると、背後でバタンと扉が開く。

「階段にエビがいたよ！」

近くの工場で働いている、ラジオが入ってきた。彼は月島の友達で、深夜の付けっ放しのラジオみたいな奴だからみんなからそう呼ばれているのだと聞いたけれど、ラジオはいつも何の用もなく地下室に遊びにきては、世間話をして帰っていく。

エビがいた？

作業中だというのに、一体なんの話だろう。ラジオの方を見ると、バンドティシャツが太った身体に押し上げられていた。ラジオはいつもバンドティシャツを着ている。今日のティシャツ、ZAZEN BOYS。

「エビって、どんなやつ？」

ぐちりんが聞いた。

ラジオは、楳図かずおの『漂流教室』に出てくる怪虫みたいなやつ、と言った。怪虫といったら、足が百本くらいある巨大な伊勢エビのような虫だ。背筋が冷たくなる。足がたくさんある虫だけは苦手だった。

「階段の真ん中あたりにいて、避けながら入ってきたけど……恐ろしい動きだった。ここはもうやばいかもしれない」

ラジオは深刻そうに下を向いた。胸に書かれたZAZEN BOYSのロゴもくにゃりと曲がってしまっている。

見るからに音楽が好きそうなので、月島は本気か冗談か分からない口ぶりでラジオをバンドに誘っていたが、ラジオは深夜ラジオのようなゆるやかさで、月島の誘いをやんわりと断り続けていた。

私たちは三人で階段のエビを恐るおそる見に行ったが、エビはもういなかった。急に緊張が抜けた。

私がわざと静かな声で、

「仲間を呼びに行ったのかな……」

と呟いてみると、

「何それこわい。俺もう帰るね」

ラジオはそそくさとそのまま階段を上っていった。

私とぐちりんはもう一度マスクを着け直して、パテの作業を再開した。作業が終わると、時刻は十時を過ぎていた。パテで埋めて平らになった壁を写真におさめていると、月島が扉を開けて入ってきた。

私は平らになった壁を見せようと駆け寄ったが、月島はすごいね、と言いながら落ち着きのない様子で、

「ちょっとさ、ピアノ弾いてくれない？」

と早口に言った。

ここ数日、月島は曲を作り始めている。

元々ぐちりんと月島は、二人だけでひっそりとオリジナル曲の制作をしていたらしい。六、七曲あるそのオリジナル曲を人前で披露する機会は今までなかったが、実際に制作をしている所を見てみると、一曲にかなりの時間がかかることがよく分かった。

難しそうな機械を使って録音している後ろ姿に、声をかけようとしてためらうこともあるほど、制作中の彼らは真剣そのものだった。

「いいよ、何を弾いたらいい？」

私はピアノの椅子に座った。

地下室には、ぐちりんの家にあった電子ピアノを一台持ち込んである。

月島は歌いながら、指を空中で動かし始めた。時々目を閉じて、いかにもピアニストがしそうな仕草でピアノのフレーズを歌う。

私は彼が歌っている音を聴きながら、一つずつ忠実に鍵盤の上に置き換えた。ピアノが弾けないのに、どうやってこんなに詳細なイメージを持つのだろう。不思議に思いながら鍵盤を辿《たど》っていると、月島がすぐに私のピアノを訂正した。

「ターラーラーではなく、タァーラーラーだよ、なっちゃん。もっと溜めて弾いてみて」

どういうことだ？　思いがけない注文に、じわりと汗が身体に滲む。

クラシック奏者が鍵盤に触れる時は、必ずといっていいほど楽譜を使う。だから、私は口頭で伝えられたものをピアノで弾くという作業に慣れていない。頭の中だけで月島がくちずさんだフレーズを記憶しようとすると、混乱してしまい、上手く覚えることが出来なかった。

「ちょっと待ってて」

そう言いながら、私は鞄から五線紙を取り出して、一つひとつ音符を書き記していく。

月島はそれを見て、面倒臭そうに言った。

「そんなに長いフレーズじゃないから、ちょっと弾いてくれればいいんだよ」

そんなことを言われたって、そのちょっとが出来ない。

月島の歌声が頭の中から流れ出して消えてしまわないうちに、焦って音符を並べながら、私は月島に尋ねた。

「どうやってこの曲を覚えてるの？」

不思議だった。どうして楽譜がないんだろう。譜面がない状態で、どうやって彼らは曲を作っているのだろう。

「どうやってって……」

月島は少し困った顔をして、ぐちりんを見た。ぐちりんは、

「書かなくても覚えられるよ」

と得意げな顔をした。

彼らは当たり前のように、曲を頭の中だけで作っているのだという。信じられなかった。今は覚えていたとしても、もし忘れたらどうするんだ？

私はこの驚きが正常だと認めてくれるはずの、高校や大学の友達が恋しくなった。脳裏に思い浮かべた顔に向かって話しかける。

「聞いてよ。私の友達はさ、バンドをやってるんだけど、楽譜を使わずに曲を演奏してるんだよ」

「そしたら、どうやってその曲を他人と共有するの？」

「口頭で伝えるの」

「左手が、ドのオクターヴで、右手がその長三和音で、とか？　そんなの、いつになっても終わらなくない？」

「誰も音の名前も使わないの。ただ、タンターターって歌うだけ」

私がこの状況を訴えたら、彼らはきっと驚いて、口々に同情してくれるはずだ。

「ええ！　それで最後まで？」

「信じられない！」

「石器時代みたい！」

と言って。

でも地下室では、楽譜が読めたところで何の役にも立たない。一体何を勉強してきたのだろう？　と、空虚な気持ちになるだけだ。

私は何度も月島に聞き返しながらようやく採譜し終えることが出来た。紙の上に書きあがった楽譜は、ほんの短いフレーズだった。

最初からこれがあれば一発で弾けるのに、と考えても仕方のないことを未練がましく思う。二十分近い曲だって暗譜してきたのに、楽譜なしでは自分が何も出来ないことに落胆する。

彼らの音楽は、目ではなく、耳から始まっているみたいだ。

耳で聴いて、良いと思えば採用する。その「良い」という感覚を頼りに音楽を作っていく。それが何のコードか分からなくても、何の調か分からなくても、良いものは良い。そんな感覚は私にはなくて、自分が何の音を弾いているか知らないのに曲を作っているなんて、衝撃だった。

本当は心のどこかで、楽譜を読めない月島のことを、音楽理論のひとつも分からないと馬鹿にしていたのかもしれない。ピアノを弾いてと頼まれた時も、自分になにか教えてほしいのだろう、と疑いもせずに思っていた。

それは思い上がりだった。

音楽理論なんて分からなくても曲は作れるし、ピアノが弾けなくても頭の中で音を鳴らすことが出来る。楽譜なんてなくても覚えることが出来る。

でもそれを認めることは、ピアノを弾いてきた十数年間を否定するようで、居心地が悪い。私はつい月島から目を逸らした。

「仕方ないか」

月島がそう言うので、私は小さく、ごめん、と言った。

月島の頭の中で鳴っていたピアノの音色を、すぐに形に出来なかったことを謝罪した。

すると月島は続けて、

「もうお前でいいや」

と言った。

どういうこと？　何がいいのだろう？

困惑していると、月島はもう一度ため息をついて言った。

「お前だけは嫌だったけど、バンドメンバー、もうお前でいいや」

お前でいいや？

そもそも私は彼らのバンドに入りたいと言ったことなどない。頼んでもいないのに、お前でいいとは一体どういうことだろう。第一私はバンドのことなんて、全く分からない。私がバンドに入ったら喧嘩になるから、と言ったのは月島なのに、今更何を言っているのだろう。

納得が出来ずに、私は考え込んだ。すると月島は、天井に向かって両手をあげた。

「お前しかいないんだよ、こんなところに毎日来れるやつ」

確かに何人か、バンドメンバーの候補者が地下室に来たことがある。

友達の紹介で知り合った、ドラムの上手い横山君。東京藝大に通う横山君は、ドラムは上手いが他のバンドも掛け持ちしていて、地下室には週一回来るのが限界だ、と言った。横山君はスティックやブラシを数本もっていて、

「どんなものでも打楽器に出来るんですよ。このスティックさえあればね」

と、クルクルと棒を回転させながらiPhoneのCMのようなことを言って、そしてそれきりになった。

月島とぐちりんの同級生だった、ゆう君が来たこともあった。ゆう君は背が高くて、前髪が長くて、物静かな男だった。ドラムはほぼ経験がないので練習しようと思う、と言って地下室に現れた。

学校に行かず、定職にもついていないというゆう君は、時間はたくさんあったようで、たびたび地下室へ顔を出した。でもいつになっても、ドラムを練習しなかった。地下室にくると、いつも画用紙に絵ばかり描いて、満足げに帰っていったので、結局その長い前髪がドラムの前で揺れることはなかった。

月島が他にも何人かバンドに勧誘していたことは私も十分に知っている。そして、それが上手くいかなかったことも。

今まではいくら上手くいかなくても、月島は私だけはメンバーに誘わなかった。それは、私が加入すればバンドが崩壊してしまうと思っていたからではなかったのか。

私は、すぐに返答出来なかった。

バンドに加入することが嬉しいのか怖いのか、分からなかった。やりたいのか、やりたくないのかすら、分からなかった。

もしそうなれば名前のつかない私たちの関係に、遂に名前がつくことになる。でも、バンドメンバーという名前は、本当に私たちの関係にふさわしい名前なのだろうか？バンドメンバーになる。それは月島との関係において、何よりもまずバンドを最優先させなければいけないという意味だ。私はもう女として悩むことすら許されなくなってしまうのかもしれない。女として月島のそばにいたいと密かに願うことすら出来なくなってしまうのかもしれない。

それに月島と私はこれまでに一度も同じ目標を持ったことがない。運命共同体として音楽を作ることなんて、本当に出来るのだろうか。

音楽ではない違う引力に振り回されて、今度こそ二人とも倒れてしまうのではないだろうか。

考えれば考える程、私がバンドに加入するのが良いとは思えなかった。それに、私はバンドを組んだこともなければ、知っているバンドもＢＵＭＰ ＯＦ ＣＨＩＣＫＥＮくらいしかない。

「ピアニストが増えても、ドラマーがいないことにはなあ」

月島が呟いた。私の不安をよそに、既に加入していることになっている。不安な顔で

ピアノの椅子に座っていると、

「二人の死闘は、ある程度は覚悟しておきますよ」

とぐちりんが肩を叩いた。

私はパテが挟まっている自分の爪を見ながら、いつの間にかもう引き返せない所まで来てしまっていることに気づいた。

七　出発点

私がバンドに加入しても、すぐに何かが変わる訳ではなかった。相変わらず地下室には人が増え、日用品が増え、日に日に賑やかになり続けている。

一日が終わり地下室に帰ってくると、仲間たちから、

「おかえり」

と言われるのが心地いい。

私は心配しすぎていたのかもしれない。バンドに入ることは、失うものより得るものの方が多かった。寝食を共にすることで、彼らは日々あったことを話し、悩みを打ち明けることの出来る存在になっていった。

年が明けた。月島の呼びかけで、私たち四人は正月から地下室に集まっていた。

矢部チャンの持ってきた安い日本酒の一升瓶や、私がコンビニで買った発泡酒をテーブルに広げる。酒の匂いが地下室に充満して、普段酒を飲まない私はそれだけで酔ってしまいそうだった。

「俺、実家でビール飲んだら、もう発泡酒飲めなくなったよ」

私の選んだ発泡酒に、矢部チャンはケチをつける。

「何それ、格好つけてるの?」

「いや、全然味が違うんだって」

「ちょっとビール飲んだからって、大人ぶっちゃって」

発泡酒とビールの味の違いの分からない私は、大げさなしぐさで発泡酒のプルトップを開けた。これで十分だ。それにビールの味なんて分かったところで、どうせ高くて買うことは出来ない。

ぐちりんが買ってきたポテトチップスを開けると、強烈な匂いが胃を刺すように刺激した。お腹の空いていた矢部チャンと私は、取り合うようにチーズのたっぷりかかったチップスを頬張る。

彼らと時間を過ごしていると、バンドというのはこんな風に和気藹々《わきあいあい》と進んでいくものかもしれないと思うことが出来た。不安が大きかった分だけ、彼らと一緒に笑っていると安心する。

慣れない酒でしゃっくりが止まらなくなった私を矢部チャンが笑い、矢部チャンが笑う姿を見て私も笑った。しゃっくりと笑いが同時に起きると変な音が鳴って、ぐちりんも笑う。

地下室は暖かく、居心地が良かった。家族と過ごさず友達と過ごす正月は初めての経験だったが、彩り豊かなおせちがなくても、お年玉をくれる親戚がいなくても、安い酒とポテトチップスだけで充分に思えた。

すると、黙っていた月島が口を開いた。

「分かってる？　もうすぐ一年経つんだよ」

手を組み下を向いている。

「今までにしたことって、何だと思う」

楽しい正月という絵を真っ二つに引き裂くような言い方に、私は一度発泡酒を置いた。月島の床を睨みつけている眼球は、こちらを見ていないのに全てを見透かしているようだ。

ぐちりんも矢部チャンも、酒を置いた。いつからか月島は、時間を止めるような話し方をするようになっている。

地下室を借りてから一年近くが経過した。その中で、一通り生活するためのものを揃えることが出来た。演奏しても近所迷惑にはならない程度の防音を施して、ある程度の楽器も揃えている。

環境が整ってからは、次第に人が増えて、友達が遊びに来ることもあった。私たちは鍋を囲んだり、安い酒で話をしたりしながら、地下室での日々を過ごしていた。

確かに、頭の中の思い出は、初めて出来た居場所を楽しむ自分たちの姿ばかりだ。でも、大学とアルバイトを終えて、疲弊して帰ってきている身体に、ご飯を食べる楽しみくらいあってもいいんじゃないか？

私が下を向いていると、声が飛んだ。

「何もしてないんだよ！」

月島は持っていたチューハイの缶を、勢い良く床に叩きつけた。

確かに、バンドは何も進んでいない。

ドラマーがいない私たちは、いつまでも未完成なバンドだった。まだ、バンドですらないのかもしれない。

大学とアルバイトで日中ほとんどの時間が埋まってしまう私とぐちりんは、地下室にただ眠りにきているだけの日もある。だからと言って、大学を辞める訳にはいかないし、アルバイトを休めば家賃やライブハウスの施工にかかる支払いをすることは出来ない。

じゃあどうしたらいいの、という言葉を言いだしそうになっていると、矢部チャンが隣で苦笑いをした。

「何もしてないってことはないだろ」

私は口を結んで、その意見に無言で同意した。

木を切り、一枚ずつ防腐剤を塗って地下室に防音を施したり、貯めたお金で一つひとつ生活するための雑貨を揃えるだけでも、大変な作業だった。

大学とアルバイトでただでさえ眠る時間がないのに、これ以上どう頑張ればいいというのだろう。確かにバンドは進んでいないが、これが私たちの限界のペースにも思える。

私とぐちりんは大学が休みの年末に、ここぞとばかりにアルバイトをした。月島と矢部チャンはフリーターだったが、金銭的な問題を二人だけには任せられない。

私たちは彼らと同じか、それ以上のアルバイト代を毎月納めてきた。そうでないと、家賃や楽器のお金は払えない。

私は皆を窺《うかが》うように見て、手持ち無沙汰に二本目の発泡酒の蓋を開けた。場違いなプシュッという音が鳴る。

「何もしてないんだよ」

月島は繰り返した。

「こんな中途半端にやってるくらいだったら、何もしてないのと同じだよ。ただ地下室に来ているだけで、充実してるって勘違いしている分、何もしてないよりタチが悪い。お前らはいいよ。なっちゃんもぐちりんも大学生で、バンドがなくてもどこにでも就職出来るって思ってるんだろ」

「そんなこと」

ぐちりんはすぐにそう言ったが、その言葉はそこで止まってしまった。彼は大学院への進学を悩んでいるところだったし、私はまだ大学二年生だ。

私は何も答えずに、発泡酒を喉に流し込んだ。アルバイト代のほとんど全額をつぎ込み、大学帰りに毎日地下室に来てこんなにも時間を共有しているというのに、それを中途半端と言われてしまうともう八方塞がりだ。

するとにと矢部チャンが隣でまた苦笑いをした。

「俺は何か逃げ道がある訳じゃないよ……」

遠回しに、大学に通う私たちを揶揄《やゆ》するような言い方に、私はむっとして矢部チャンのことを見た。月島が声を荒げた時から、彼はずっと気まずそうに苦笑いをしている。

沈黙が流れると、爪を噛んでいる月島の呼吸が次第に速くなっていった。楽しい正月という絵は、もうびりびりに引き裂かれていた。

「じゃあなんで本気でやらねえんだよ」

月島は、吐き捨てるように言った。

「俺なりに本気でやってるよ！」

矢部チャンは反論した。苦笑いは消え、苛立っているのが分かる。

「それが本気ならお前は糞だな」

「じゃあお前は本気でやってるのかよ！」

「少なくともお前よりはな」

月島は瞬《まばた》きをせずに、矢部チャンのことを睨んだ。

「お前は防音の工事とか、ライブハウスを作るのにそんなに参加してないだろ」

矢部チャンも怯《ひる》まない。

「俺はそんなことより、やらなきゃいけないことがあるんだよ」

「そんなこと？」

矢部チャンの声が上ずった。

「そんなことって何だよ。どういうことだよ。月島がそんな風に言うなら、俺は工事なんかもうやりたくねえよ」

二人は怒鳴りながら、お互いの洋服の首元を摑んだ。首筋が赤くなっている。矢部チャンが威嚇するように大声をあげる。私は驚いたが、こんな風に月島に向かっていける矢部チャンは、ある意味すごいと思う。怒っている時の月島は、何をするか分からない雰囲気が出ていて、関わりたくないと思ってしまう。

現にぐちりんは、相変わらず黙ったままだ。私は二人の会話を聞きながら、月島と言い合っている相手が自分でなくて良かった、と、どこかで胸を撫で下ろしていた。

二人が乱暴にお互いの手を離した。何と言ったらいいのか分からず、塗装で汚れた床を眺める。また長い沈黙が流れた。

月島の荒い吐息が聞こえてきた。大袈裟に肩で息をしていて、目の中が赤くなっている。どくどくと脈打っているのが分かる程、目は真っ赤に染まっていた。

私は急に、カッターナイフを私に向けて、家の前で父に抱きかかえられながら叫んでいた月島の姿を思い出した。

もしかすると、あの時の月島に戻ってしまうのではないだろうか。私は泣きそうになってきた。折角ここまで進んできたのに、また振り出しの地へ戻っていってしまうかもしれない。

除湿器の水で濡れた絨毯の感触が手に戻ってくる。もうあんなところへ戻ったらいけない。カッターナイフの冷たい刃先の感触が、首筋に蘇る。

戻ってきて。私は祈るように月島の目を見た。

月島の目は、ここではないどこか別の場所を見据えているようだった。私は様子を見ながら静かに駆け寄って「大丈夫？」と肩に手を置いた。

月島は私の手を乱暴に払いのけた。

「このままじゃ上にいけないんだよ！」

声がびりびりと耳元に響く。

「俺にはもう、これしかないんだよ」

月島の目に、涙がいっきに溜まっていく。

「もう本気じゃないならやめてくれよ。中途半端な気持ちでやるなら、やめてくれた方がいいんだよ。ずっと失敗ばっかりで、何にも上手くいかなかったから今度こそ俺は人生かけるって決めたんだよ」

私は声が出せなかった。月島の頬をすべるように、雨粒のような涙がぽろぽろと流れていく。

圧倒された。月島は、あの時に戻ってなんかいない。私は口をぎゅっと結んだ。

何て悲しい泣き方をするのだろう。

月島の泣き顔を見ていると、自分の頬にも涙が線を引いてつたっていく。あの時とは違う、悲しくて一生懸命で、振り絞るように泣いている姿。

すると、ずっと黙っていたぐちりんが突然、床に膝をついた。そしてそのまま声をあげて泣き始めた。

顔を両腕二本で抱えて、大きな声で泣いた。あまりに大きいので、まるでライオンの遠吠えのようだった。

「俺たちは上にいかなくちゃいけないんだよ」

月島が泣きながら、天に向かって宣言をするように言った。

上にいくもなにも、私はまだバンドに入り立てで、そしてドラマーもいない。

でも、月島が言うのを聞いて、とにかく上にいかなくちゃいけない、と思った。上というのがどこかも分からなかったし、何をしたらいいのかも分からなかったが、私は心の底から、思ったのだった。

私たちは上にいかなくちゃいけない。

それなら、出来ることを全てやろう。私は誓った。絶対に後悔しないと言い切れる一日を積み上げよう。そして眠る時間がなくなって、倒れてしまうまでやろう。

私たちは上にいかなくちゃいけないのだから。


正月が涙で染まった。訴えるように泣く月島、唇を結んで泣く私、ライオンのような声で吠えるぐちりん。でも涙で染まった正月に、矢部チャンだけは泣かなかった。

彼は困ったような、複雑な表情を浮かべて、下を向いていた。

八　後向き

私たちは、目標を立てるために地下室に集まることにした。中古で買ったホワイトボードを囲んで、円形に座る。

その中央に、ペンを持った月島がいた。

「一ヶ月後にライブをやろうと思います」

月島が宣言した。彼はホワイトボードにライブという字を書いて、そのまわりをぐるぐると囲んでいる。

「一ヶ月後？」

「そんなに早く出来るかな……？」

どう考えても、そんなお金と時間はない。

地下室は着々とライブハウスへと姿を変えていたが、音響機材は高く、必要なものを全て揃えることは出来なかった。演奏を人前で披露するということになると、練習時間だって、足りるとは言えないだろう。

でも月島は気にすることなく続けた。

「半年先に設定したら、結局ライブが出来るのなんて一年後になる。決めなきゃ何も始まらないよ。最初は無理矢理でもいいんだよ。下手くそで、失敗するかもしれないけど、それでいいんだと思う。やってみないと始まらないよ。とにかく日程を決めて、それに向けて工事も練習も頑張ればいい。だから一ヶ月後！」

月島の言い方には、もう堂々とした説得力があった。どこでそんな推進力を手に入れたのか、ずっとそばで見ていた私でさえ見当もつかない。

時々恐ろしくなるほど、月島は変わってきている。たった一日会わないだけで、まるで別人のように成長しているのを見ると、もしかしたら私はいつか置いていかれてしまうかもしれない、と思い始めている。

道の途中ですぐにへばってしまう月島を介護するように歩いていた日が、嘘みたいだ。私たちは月島の勢いに押されるように、一ヶ月後にライブを決行することにした。


初ライブの準備は着々と進められた。元々ついていた蛍光灯の照明を消して、代わりに中古のシャンデリアを灯《とも》す。いつもの灯りとは違うクリスタルの光が、壁にきらきらと反射している。

ステージには赤い絨毯を敷いた。客席にはリサイクルショップで買ったソファを並べると、古い映画館のようでお洒落に見えた。

「悪くないんじゃない？」

ステージの上で、ぐちりんが自分の立ち位置に立ってみる。コンクリートむき出しの天井についているシャンデリアが、怪しく揺れた。今まで床に置いていたギターアンプやドラムセットも、ステージの上にあると一気に風格が出る。

私は高揚していた。

クラシックのコンサートで、こんな気分になったことはない。静かなホールにたった一人でお辞儀をしてピアノの前に座ることと、バンドとしてステージに上がることは、何もかもが違うみたいだ。

私はステージに立って、お客さんがいる景色を想像した。目をつぶると、今まで浴びたことのない歓声や拍手の渦が聞こえてくる。

私たちはこれから、自分たちで借りた場所で、自分たちが作ったステージで、自分たちのバンドで演奏するのだ。

私はこのまま走ってどこかへ行きたい気分になった。どうしようもなく心が躍る時、同時に逃げ出してしまいたい気分になることを私は初めて知った。

月島がやりたかったバンドというものの世界が、少し分かったような気がする。私はステージに上がって、キーボードに触れてみた。

何とかなるもんなんだなあ……。

無理矢理決めた期日に向けて、地下室は怒濤《どとう》の変貌を遂げてきた。ライブをするための設備を揃え、バンドの練習を日々重ねていると、一ヶ月という月日はあっという間に過ぎていった。

ライブ当日、開場時間の六時半になると、すぐに一人目のお客さんが現れた。

受付にいた私は、手に冷たい汗をかきながら、どうにか、

「こんばんは」

と愛想よく声を出す。

お客さんが一人来るというだけで、こんなにも緊張している自分に驚いた。

自分たちでライブハウスを作ってみると、演奏する前からお客さんの一挙一動が気になってしまう。地下室はライブハウスとして大丈夫だろうか？　居心地は悪くないだろうか？

最初のお客さんはぐちりんの塾講師時代の同期だった。彼は品良くお辞儀をして、客席へと入っていく。

私は手渡された二千五百円を、じっと見つめた。アルバイトで二時間働かなければ、貰えない金額。それを私たちは演奏で貰うのだ。信じられなかった。クラシックのコンサートではいつも聴きにきて貰うだけだったから、演奏をしてお金を貰うのは、初めてのことだ。

大切にお金を金庫にしまっていると、受付には家族や友達が現れた。胸に大きくRANCIDと書いてあるティシャツを着ているのは、ラジオだ。

文字の下には、モヒカンの青年が階段でうずくまっている写真がプリントされている。

ライブに誘った時に友達を連れてきて欲しいと頼んでいたが、ラジオは結局一人で地

下室に来た。いつも用もなく地下室に訪れる姿を思い出しながら、心の中で、ラジオはイベントに友達を連れてくるようなタイプではないのだろうと納得する。

すると扉から母が入ってきた。一緒に来ている親戚が、

「結構広いですね。お母さんも今日初めて来たんですか？」

と聞くと、母は、

「私なんかカレーやらシチューやら何回も作って夏子に持たしてたてんけど、来るのは初めてやわ。こんな所で食べてたんやねえ！」

と言って笑った。

私はがっくりと肩を落とした。お洒落なシャンデリアが、一瞬にして関西弁にのまれている。知り合いと家族しか来ないことは分かっていたが、それでも幼馴染のお母さんに、

「なっちゃん、大きくなったわね」

と言われながら二千五百円を受け取っていると、お年玉をもらっているようで、気まずさに頬が引きつった。

開演時間になると、突然月島がコンビニで買ったウイスキーを口に含み始めた。私は驚いて、非難するように月島を見る。まさか酒を飲んでステージに上がるつもりなのか。

「何だよ」

月島はやけに不機嫌だった。もしかすると、緊張しているのだろうか……？

矢部チャンはさっきから何度もジャンプをしているし、ぐちりんはお腹が痛いと言って壁にもたれかかっている。私も、手のひらにじっとりと汗をかいていた。ピアノを弾くのだってこんなに緊張するのだから、前に立って歌う緊張は確かに計り知れない。

今回ばかりは、酒を飲んで歌うのも仕方ないかもしれない。隣でごくりと酒を呷《あお》る月島を見ないようにしながら、私たちは開演時間ぴったりにステージにあがった。

まばらな拍手の後に、息を吸って鍵盤に手をのせた。今回は四人だけでライブをすることになったので、ドラムはいない。

一曲目の演奏は、私のピアノから始まるサザンオールスターズの「真夏の果実」のカバーだ。

あれ……？

ピアノを弾き始めると、月島は突然マイクを持って身体の向きを百八十度回転させた。

客席に背中を向けている。

どうしたんだろう？

突然のことに指が震えた。何かのアクシデントだろうか？　こんなのは打ち合わせになかったはずだ。すると月島は当然のように後ろを向いたまま、「真夏の果実」を歌い出した。

どういうこと？

一体何が起きたのか分からないまま、演奏は続いた。何とか止まらずにピアノを弾いていたが、途中で最前列に座っている矢部チャンの弟と目があってしまう。

弟は、月島の背中と私の目を交互に見る。気まずい空気が漂った。

目線をずらしてみても、どの人の目も、どうして月島が後ろを向いて歌っているのか、窺っているように見える。当たり前だが、私にも何が起きているのか分からなかった。

一体どうしたの？

私は後ろを向いている月島のことを弁解するように、困った表情で前を向いてみせた。お客さんは全部で十五人。全員の名前が言えた。

全てのお客さんが出ていくと、私は扉を閉めて開口一番に言った。

「どうして後ろ向きで歌ったの？」

お客さんの気まずい目線が忘れられなかった。初ライブは大失敗だ。折角準備をしてきたのに、月島のせいで台無しになってしまった。ここ一番っていう時に、どうしてそんなことをしたのだろう。

月島は何か言われると分かっていたのか、ぶっきらぼうに答えた。

「俺は前を向いて明るく歌うのが格好いいとは思わない」

「明るく歌わなくてもいいけど、前は向いた方がいいよ」

「何で？」

月島は目を大きく見開いて、威嚇するように言った。酔っているのか、怒っているように見える。

私はため息をついた。前を向いて歌うことに、理由が必要だろうか？　でもどうやら、月島は本気だった。

喧嘩を売るような顔つきをしている所を見ると、納得出来る理由がなければ、今後も前を向いて歌わないつもりだろう。私は月島を説得するために、言葉を選んだ。

「後ろ向きで歌っていると、変に意味が生まれてしまうと思うよ。何で後ろを向いているんだろうっていう疑問が生まれる。そこに意味がないなら、前を向いた方がいいと思う……」

月島は顎に手を当てて黙っていた。上手く説明出来ているだろうか？　私は、はあっと一気に息を吐いた。

月島の「何で？」には、いつも緊張が走る。適当なことを言えば、常識に縛られているだけのつまらない意見だと批判されるからだ。

自分で考えず、誰かが言っていることを鵜呑《うの》みにしているだけの意見なんていらない、と。

それでも、胸のうちをはっきりと言わなければ、私たちの関係はきっと意味を成さなくなるだろう。月島と対等に話が出来なくなれば、いずれ私はここにいることが出来なくなる。

私は緊張でぴりぴりとしながら月島の様子を窺った。月島はそれ以上私の意見に反論しなかったが、今度は突然、

「じゃあマスク被りたいな」

と言った。マスク……？

月島の話は、どうしてこういつも唐突なのだろう。

私はマスクと言われて、ゴムで出来た馬や、よれよれのマイケル・ジャクソンの被り物を思い浮かべた。突拍子もないのはいつものことだが、今度は一体何なのだろう。

何故か普通に歌うことを避けようとする月島に、私は苛立ち始めた。

「マスク被ったら歌えないでしょ」

とりあえず一番初めに思いついた不具合を言った。そんな訳の分からないマスクなど、被って欲しくない。普通に歌った方が、絶対にいい。

でも、月島は目を細めて言った。

「すぐ無理って言うなよ。被って歌えるの探せばいいだけだろ」

無理、という言葉を発すると、化学反応を起こすように、月島は不機嫌になる。どんなに変わったアイデアに対しても、一言目に無理と言ってはいけないらしい。私は言い方を変えた。

「無理というか……あんまり意味がないと思う」

「俺が被りたいんだから、意味はあるんだよ」

「どうしてそんなに顔を隠したいの？」

後ろを向いて、マスクを被りたいなんて、一体何がそんなに気にくわないのだろう。

人前に立つと、緊張してしまうから？　上手く歌が歌えない気がするから？　そうだとしたら、そんなことは、慣れていけばいいことだ。最初から緊張せずに歌える人なんかいない。何としても前を向いて普通に歌わせるために、私は執拗《しつよう》に問いただした。

「顔を隠したい理由は何なの？」

すると、月島は深刻そうにため息をついた。

「顔に自信がないからだよ」

あっけにとられてしまった。そんなに可愛らしい理由だとは思わず、私は月島の肩を笑いながら叩く。

「何だ、そんなの大丈夫だよ！　マスクしない方がいいよ。可愛い顔だよ」

「うるさいな、俺が決めるんだよ」

月島はぶすっとした顔で、怒って立ち上がった。

数日後、月島はピエロのマスクを持って地下室に現れた。

まさか本気で探していたとは思わず、私はぎょっとしてピエロのマスクを見る。

月島は手に不気味なピエロの生首を持って、嬉しそうに笑いながら言った。

「東急ハンズで買ったんだ！」

髪を摑んでこちらに生首を見せている姿は、かなり猟奇的に見えた。赤い髪、赤い鼻。目の部分が抜けているのが、余計に気味が悪い。

本当にそれを被って歌うつもりだろうか？

私が眉をひそめて見ると、

「でも、このマスクは口があんまり開いてないから、歌は歌えないんだ……」

と、月島は残念そうに言った。

「それは残念だね……」

私はほっと胸を撫で下ろして、思ってもいないことを口にした。

月島はそれから何度も歌が歌えるマスクを探したが、結局見つかることはなかった。

私は地下室に置かれた使い道のない不気味なピエロのマスクを、月島に気づかれないようにそっと倉庫の奥に仕舞った。

九　リズム

オリジナル曲の制作が始まった。クラシックを演奏しているときは、楽譜がないと何も始まらなかったが、バンドは何もない所から音楽を作る。

私は初めての挑戦に意気込んでいた。でも、いきなり想定していなかった問題に直面した。

「なっちゃん、ピアノずれてるよ」

「私が？」

月島の声でぐちりんが演奏の手をとめてこちらを見ている。アルバイトで遅くなっている矢部チャンを待たずに、私達は制作を始めていた。どういうことだろう。月島は、ぶっきらぼうに言った。

「何でずれてるの、分からないの」

月島の指摘に、カチンときた。私は十五年もピアノを弾いてきているのだから、ずれていれば当然分かるはずだ。それに対して、月島たちは最近バンドを始めたばかり。どうしてそんなことを言われなくてはいけないんだろう。

ずれているはずがないと思いながら、録音したものを改めて聴いてみる。するとと確かに私のピアノはずれていた。信じられなくて、頬が熱くなる。

クラシック音楽にも、テンポにぴったりと合わせて弾くインテンポという感覚はある。そのために等間隔でリズムを打ってくれるメトロノームはあるし、メトロノームのカチカチという音に合わせて練習することもある。

でも、それはあくまで指標であって、絶対的な数値ではない。むしろ、速さの数値ぴったりに弾くだけでは、クラシック音楽の世界では通用しない。

クラシックは、時間を揺らがせる音楽だ。弾き方次第で、嵐の海を渡っていく気分になることもあれば、スローモーションの雨を眺めているような気分になることも出来る。インテンポで弾いてしまうと、平穏な海とただの雨になりかねない。

でもバンドは違う。全ての音をインテンポで弾かないと、ビートに合わず音楽が崩壊してしまう。このビートというのが、クラシックにはあまりない感覚だ。音楽を均等に「刻む」感覚。勿論それは理解していたつもりだったが、こんなに難しいことだとは、思っていなかった。

「もう少し練習してくれる？」

月島が言った言葉が嫌味たっぷりに響いてくる。自分では弾けてるつもりかもしれないけど、拍に合わせて弾くことすら出来てないよという意味に聞こえてくる。

私は無言で鍵盤を見つめた。ピアノを弾いてきた十五年間を否定されているような気分で、誰に対してだか分からない焦りが込み上げてきて、素直に、分かったという言葉が出てこない。

「なっちゃん、聞いてた？　折角録音してたのに。やり直しなんだよ」

私は絞り出すように、声を出す。

「ごめん、何でだろう。もう一回やって欲しい」

「集中してよ。ちゃんと出来ないなら、他の人にやって貰うけど」

月島は録音が中断したことで、苛立っていた。ただでさえ嫌な感情が渦巻いているところに、棘のある言い方が刺さる。

「他の人って誰？　そんな人がいるなら、誰かに頼んだらいいのに」

今の言い方はアウトだと、心の中で聞き覚えのある警告音が鳴る。でも、戻ることが出来ない。

私たちの会話は坂を転げ落ちるように、どんどんスピードを上げて、熱をもっていった。

「じゃあ他の人に頼もうかな。お前よりピアノが上手くなくてもいいから、いちいちテンションの下がることを言わないような人がいいよ」

「何その言い方。じゃあそうしたら」

私は音をたてて立ち上がって、キッチンの方へと歩いていった。冷蔵庫を開けて麦茶のボトルをとる。コップに麦茶をついでから扉を閉めると、古い冷蔵庫の扉は反発してもう一度開いた。そんなことが、いちいち癇《かん》にさわる。

「あーあ、出たよ。また癇癪《かんしゃく》が」

月島は呆れた声を出しながら、ギターを置いてソファにどさっと身体を預けた。

私は椅子に座って、麦茶を一気に飲み干した。

月島は私に特別厳しいような気がする。

あんなにきつい言葉で怒らなくてもいいじゃないか。月島を責めるように息を吐いて、空になったコップの中を見つめた。

恋人のような、家族のような、友達のような、そんな私たちの関係に甘えて、むこうがバンドメンバーとしての距離感を間違えているから喧嘩になるのだ。

月島はぐちりんへ話す時、全然違う言い方をする。

「ぐちりん、そこはその進行じゃなくて、こうだよ」

丁寧でとても優しい。不公平だ、と思う。

「だからお前をバンドに入れたくなかったんだよ」

月島が大げさにため息を吐いた。私だってバンドになんて入りたくなかった。

こんな風に中断するのは、これで何度目だろう。

言い合いになってから、ただ床を見つめて時間が過ぎるのを待っていると、月島が私のところへ来て、ちょっと散歩に行こう、と言い出した。

「いいけど……」

地下室にぐちりんを残して、私はドアを開けた。こういうときに、ぐちりんは決して口出しをせず、さりげなく違う仕事を始める。

階段を上がって地上に出ると、新鮮な空気が身体中に沁《し》みていった。思っていた以上に、地下室の空気は淀んでいたのかもしれない。

「自分にばっかり厳しいと思ってるんだろ」

月島は煙草に火をつけながら、地下室の前にある細長い公園の中の道を歩いた。静かな街の中でライターをつけると、煙草が燃える時の、ジュッという音が立体的に聞こえる。

「うん。私の思い違い？」

「そういう時もあるとは思う。でも半分はお前の被害妄想」

「だって、私にしかあんな言い方しないよ」

「お前しか、あんな言い方で歯向かってこないからだろう」

「でも、ちょっとミスっただけで、違う人にするとか、脅しみたいに言わなくてもいいのに」

さっきまでの怒りは、少し落ち着いていた。公園に落ちていた小さな枝を蹴って、石の隙間にシュートする。

「俺だってちょっと強く言っただけで、いちいち揚げ足取りをしないで欲しい」

「ちょっとじゃないよ、すっごく嫌な言い方だったよ」

「だからそういういちいち突っかかってくる所を直せって言ってるんだよ」

月島は短くなった煙草を親指とひとさし指でつまんで、もう一度煙を吸った。

「何度も言うけど、なっちゃんは正しいことを正しいと思い過ぎ。正しいからって、空気を乱していい訳じゃない。バンドを一緒にやるんだから、いちいちそんな風に歯向かわれたら困る」

それは君だけの都合だろう、と私は下を向く。

私には、月島とのバンドメンバーとしての距離感がまだうまく摑めていない。でも、月島がバンドを率いていこうと必死になっていることは分かっている。

今までとは別人のように、地下室でリーダーシップを発揮している。私だって出来ればその邪魔なんてしたくないのに、どうしても上手くいかないだけだ。

月島は煙草を吸い終わると、公園を抜けて駅の方まで歩いていった。後ろから付いていくと、何も言わずにビッグライズ、と書かれたスーパーの中に入っていく。

追いかけるようにビッグライズの中へ入ると、黄色の紙に大きくマジックで書かれた値札が野菜の上にずらりと置かれていた。野菜も安いが、ビッグライズは肉が安い。鶏モモ肉、百グラム二十九円。

私は明るいBGMに負けないように、前を歩く月島に伝えた。

「みんなの前で喧嘩にならないように私も気をつける。でも悪気がある訳じゃないから、これから二度としませんなんて保証は出来ない」

簡単に、直すね、と言うことは、無責任のように感じてできなかった。

「悪気があって、他人を不快にさせている人なんて、実はほとんどいないと思う」

月島の声は落ち着いていた。

私は自分の思いを、出来るだけ伝えようとゆっくりと話した。

「私ね、一旦感情が高ぶると、冷静に話をすることが時々すごく難しいみたい。プライドが高いのに、きっと自信がないんだと思う。このままじゃ駄目だと思うのに、毎回同じことが起きる」

「俺だって難しいのは分かる。だからこうやって話してるんだよ」

スーパーの中を一周しながら話していると、オレンジ色のいよかんが目についた。熟れたオレンジ色からは、そばにいるだけで甘い匂いが漂ってくる。

いよかんを買って行ったら、ぐちりんは喜ぶだろうか。私はぐちりんがこの空白の時間をどう過ごしているのか、想像した。

曲を作っているかもしれない。こんなに唐突に出てきたのにもかかわらず、練習をストップしたことに怒っているぐちりんは、想像出来なかった。

私はぐちりんのことを考えながらいよかんを持ってレジへと並んだ。五個入りだ。一日一個食べても、数日間は食べることが出来る。

レジに並んでいる私の後ろで、月島が一緒に列に並んだ。

「でも俺もちょっと言い過ぎたよ」

その言葉を聞いただけで、突然全てが許せてしまった。さっきまでの怒りがすっと引いていく。複雑な問題のように思えたが、ただ、そう言って欲しかったのか。私は気づ

くと、

「ううん、私が悪かったよ」

と言っていた。

馬鹿馬鹿しい程に、一瞬の出来事だった。

地下室に帰ってきて、いよかんをぐちりんに渡すと、彼は静かに、

「おかえり」

と言った。その言葉に、ごめんね、と返す。

ぐちりんは何も聞かずにいよかんを器用にむいて、半分を私に渡してくれた。

「喧嘩出来るのもいいなと思うよ。その分二人は、仲直りも早いでしょう。だから、あんまり間に入る必要もないのかなとも思ってる。実はそんなに心配もしてない」

私はぐちりんとソファに座った。安売りのいよかんは少し固さがあったが、それでも甘くて美味しい。

このバンドに、ぐちりんがいてくれて良かった。月島と喧嘩をする度に、ぐちりんがいなかったらもうとっくにやめているだろう、と思う。何も責めないで「おかえり」と言ってくれる人といよかんを食べていると、もう少しバンドを頑張ってみようと思えるのだった。

「俺、今日は帰るわ」

地下室に泊まって作業をしようと思っていた私の横で、月島が荷物をまとめ始めた。

「今日は泊まらないの？」

「うん」

私はシンセサイザーに繋がっているパソコンを、ぱたりと閉じた。うん、という返事と、その声色だけで、月島がどこに行くか分かってしまう。

「何かあるの？」

「すみれちゃんに会いにいく」

予想通りだった。

すみれちゃんは、私の大学の友達だ。地下室の集客数が減っていく中、私は大学の構内で会う人全員をライブに誘っていて、すみれちゃんはその中の一人だ。彼女は一度地下室のライブに来て、いつの間にか私が誘わなくても地下室に来るようになっていた。そして月島と仲良くなった。

月島は財布と携帯をポケットにいれて、扉の前に立つ。その姿があまりにも堂々としていて、

「俺はお前に非難されるようなことは何もない」

と、宣言されているような気分になった。

「じゃあ、なっちゃん、頑張ってね」

「楽しんで」

手を振っていると、扉がバタンと閉まった。

私は頭上まであげた手を力なく降ろして、膝の上でぎゅっと握った。

私はあまのじゃくだ。月島にここにいて欲しいと思いながら、にこにこと手を振って送り出している。

でもどうしたらいいというのだろう。私には権利がないのだ。行かないで、どうして私の友達なのと、月島に言える権利がない。権利がないのに、訴えを起こしたらどうなる？

「お前に非難される筋合いはない」

そう言われてしまうだけだ。そしてそんな会話をしてしまえば、私の大切にしていた関係はきっと壊れてしまう。

私たちはバンドメンバーだ。

そう心に言い聞かせているのに、私たちの関係を、月島は今でも恋人と呼ぶことがある。

それがどうしてなのか、はっきりとした理由は分からない。私が好意を寄せていることを知っているからかもしれないし、関係性を聞かれた時の面倒を回避しているだけなのかもしれない。もしかしたら、私に他の男のところへ行って欲しくなくて言っているのかもしれない。

でもそんなものは恋人とは言わない。そんなものはただ都合よく月島が使っている便宜上の言葉で、結局私は月島のそばにいる女として、何の権利も持つことは出来ない。頭では分かっているのに、月島が私のことを恋人と呼ぶとき、その言葉を胸の中に大切にしまってしまう。

「なんだかんだで、やっぱりなっちゃんと話しているのが一番なんだよ」

女の子に会った後、月島はそんなことを言った。

一番という響きが、目の中にきらきらとしたものを降らせる。その瞬間は、今まで感じていた葛藤のことさえ忘れてしまうのだった。

「私も君の話を聞くのは楽しいよ」

私もそんな風に返してしまう。

それはある意味では事実で、たとえ他の女の子の話だとしても、月島の話を聞いているのが楽しかった。異性としての好意が自分に向けられていなくても、結局自分のところに帰ってきて、いつまでも話をしている月島のことが好きだった。

暗い地下室で、私はシンセサイザーに向かった。

言葉に出来ない感情のような音の波形が、幾つものエフェクトをかけられて変化していく。これでいいはずだ。私の選択は間違っていないはずだ。

そう思うのに、ぼんやりと明るくなっていく空を見ていると、私は昔のようにまた一人ぼっちになったような気がした。

十　不眠症

目覚ましが耳元で強烈な音を立てた。地下室は、朝八時でも薄暗い。ぼんやりとあたりを見回すと、まだぐっすりと眠っているみんなの影が見えた。

地下室では普段、リサイクルショップで買った二十脚のソファの上で、皆が眠っている。ソファは一人三脚あれば充分に身体が収まるので、レゴブロックのように何脚かを組み立てた簡易ベッドが、小さな巣となって地下室に点在している。

扇風機を必ず足元に置いて寝る月島と、お腹を出して眠る矢部チャンの姿の横に、靴をはいたまま寝息を立てているぐちりんの姿が見えた。

私は冷たいソファを手で押して、身体を起こした。視界に霞んで見えるドラムセットや冷蔵庫に焦点が合い始めると、身体に激しい倦怠《けんたい》感を感じる。

新しい薬、合わないのかな……。

私は眠る前に飲んだ薬のアルミのパッケージを手に取った。

あまりに眠れない日が続いて、私は病院に行った。医師に症状を話すと、医師は淡々といくつかの薬を選んでいった。そしてその中の一つが、うつ病の治療に使う薬であるということを説明した。

「私、うつ病ではないと思うんですが……」

病院の処置室で、私は不安を覚えて医師に聞いた。

「あなたの不眠症は、精神的なものから来ていると思います。何か不安なことに心当たりはありませんか？　この薬は、そういう不安をなくす薬だと思ってください」

医師はそう説明した。不安なことと言われて、思い当たることは幾らでもある。私は言われた通りに薬を飲み始めた。

それにしても、酷い倦怠感だ。身体がだるくて、重い。朝から胃液がこみ上げて、吐き気がする。

身体は疲弊していくのに、私の頭はいつになっても休もうとしなかった。

何も結果が残せていないのに、眠っている場合ではないという焦りが、頭の中だけに聞こえる、

「お前に才能はない」

という声に変わっていく。

私は毎晩、全員が寝静まったあと、アルミのパッケージから一つ錠剤を取り出して、水で飲み込んだ。

薬が効き始めると、やがて声はぴたりと止《や》んだ。私は確かに眠れるようになった。けれど医師が言ったように、不安がなくなったりはしなかった。

声のしなくなった世界へ気絶するように落ちると、大体いつもこんな風に酷い気分で目覚めてしまう。

「気にしすぎなんだろうね」

日々具合が悪くなっていく私を、ぐちりんは度々そう言ってなだめた。その通りだ。でも気にしないことはとても難しかった。結局「気にしない」ということを気にしてしまい、体力はどんどんすり減っていく。

私は大学へ行く電車に乗った。何日も同じ服を着ているせいで、身体から巣にこもっている獣《けもの》のようなにおいがする。

満員電車の中でつり革を摑んで、申し訳なく思いながら身体を他人に預けた。立ちながら目を瞑《つむ》ると、こんな時に限って、どうしてか眠気はやってくる。地下室では一度もこんな風に眠たくならないのに。私は自分の身体を恨めしく思った。

今ここに布団を敷いたら、きっとぐっすり眠れるのに。もう何日充分に眠れていないのだろう。

そんなことを考えながらウトウトとしていると、すぐに乗り換えの駅についた。食べ物を吐き出すように、電車は一斉に人を吐き出していく。私も吐瀉《としゃ》物の一員となって、電車の外へと出た。

不眠の原因は私と月島の関係の変化だ、と分かっている。

バンドを始めてから私と月島の関係は一気に変化していった。

病気を克服し急激に成長する月島と、その変化についていけない私の間に生じたものを、私はなかなか消化することが出来ない。

「出来ないことと、やりたくないことの違い、分かってる?」

曲が作れない私に、月島は三日に一度は奮起を促した。

「やりたくて、挑戦しているのに出来ないことと、やりたくないことをいつまでも放っておくことは違うよ。もしやりたくないなら、他の人を入れる。出来ないだけならもう少し待つけど、なっちゃんはどうしたいの」

私の曲がいつまでも完成しない時、歌詞が書けない時、アレンジが終わらない時、音作りが出来ない時、月島はそんな風に私に訊いた。

人が変わったような月島に、なっちゃんはどうしたいのと訊かれても、私は返事に詰まった。月島が持っているバンドへの熱量と同じだけのものを要求されていることが辛かった。

私は本当は、月島と一緒にいることが出来れば良かった。ただ隣で、話をしているだけで充分だった。悩みを分かち合い、言葉の意味を考えるゲームをして、DVDを借りに行こうと誘ってくれれば良かった。

けれど、月島はもうそんなことを望んではいない。私の本心を言葉にすれば、きっと彼は私に落胆するだろう。私は眠れずに朝になっていく景色を思い出しながら、

「やりたい」

と小さな声で答えた。

そう言わないと、もう一緒にはいられないのだということが、月島の言い方から滲んでいた。ただ一緒にいて、お互いを舐め合うような関係を、もう月島は私に望んではいない。

すみれちゃんや、他のどの女の子にも、月島は、

「どうしたいの」

と聞くことはない。月島はいつも私だけに質問した。

私はその事実が持つ意味に苦しみながら、一方ではその事実に支えられている。期待されているという嬉しさと、期待に応えなければならないという苦しさが胸の中で交差する。ただの女でいたかったという思いと、特別な女性になりたいというプライドが音を立ててぶつかりあう。その衝撃の度に、私の心は少しずつすり減っていく。

「やるから、待ってて」

私はそう言って、頭を抱えた。

曲を作りたいと心から思ったことは一度もない。

燃えるような恋心を歌に乗せたいと思ったこともないし、オーディエンスに大合唱されるメロディを自分が作れるとも思えなかった。

でもそれでは、いつかここに居られなくなるだろう。それだけは、はっきりとした確信があった。

私は曲を作らなくてはならない。

月島は自分一人で曲を書けるのに、バンドを始めてからすぐに私にも曲を書かせようとした。それがどうしてなのか分からず、私は月島に尋ねたことがある。

「一人で成功したって楽しくないよ」

月島は当たり前のように言い切った。成功する、というイメージをもうちゃんと持っていることに驚いた。

「なっちゃんには、俺と同じ景色を見ていて欲しいんだよ」

そう言われて、私は曖昧に頷いた。きっと今は違うものを見ている。私にはまだ成功のイメージなんて見えてこない。

いつか同じ景色を見ることが出来るのだろうか。私は焦るばかりだった。月島が何を見せたいのかは、少しも分からない。それでもここから逃げ出すことは出来なかった。

そして今日も眠ることが出来ないまま、朝を迎えてしまう。

自分にしか出来ないことは、一体何なのだろう。

いつまでも、自分は才能がないと、月島やぐちりんと肩を並べられる存在ではないと不安に思いながら、眠れない夜を過ごしていれば、いつか限界がきてしまうだろう。

月島に認められるようにならなくては。

バンドメンバーに認められるようにならなくては。

焦燥は私を毎夜ピアノへと向かわせた。そして、また眠れなくなる。その繰り返しだった。

曲などまともに作ったことがない私にとって、作曲は一から十まで全てが大変な作業だ。

扱ったことのないパソコンの音楽ソフトを、説明書を見ながら覚えていく。機械が苦手だという言い訳は通用しない。出来なければ、出来る誰かがやる。自分の出来ることが一つ減るだけだ。

今は全ての作業をパソコン上で行うことが出来るが、音楽ソフトに慣れていないと、一つ一つにかなりの時間がかかる。

そうすると睡眠時間を削ることになる。起きているからといって制作が進む訳でもない。

みんなが眠っている間に一人でぼうっと起きて画面を眺める生活が続いた。

もう無理かもしれない……。

そう思っても、音楽制作が出来ないことは、月島とこの居場所を失うことを意味している。暗い地下室に心を繋がれたまま、私は結局どこにも行けないのだった。

大学に着くと、授業が休講になっていた。掲示板の前で、なんだ、こんなに酷い倦怠感を引きずってきたのに、と誰にともなく不満の声を出す。

仕方なく、私は休む場所を求めて保健室へと向かった。薬の効きが強いのか、気を抜くと倒れてしまいそうだった。

「どうしたんですか！　その顔色」

保健室の先生は、私の顔を見るなり椅子から立ち上がった。そんなに酷い顔をしているのだろうか。そういえば一度も鏡を見ずに地下室を出てきたような気がする。

「あの」

少し休みたいんです。そう言おうと思っていたのに、声は口から出てこなかった。気づいたら、涙がだらしなく頬を垂れていた。

「もうずっと眠れないんです……」

私はベッドに手をつきながら、吐くように泣いていた。口にした言葉とは裏腹に、頭の中はそれでも自分を責める言葉でいっぱいになっている。

泣いたって仕方がないだろう。頑張らなくてはいつまでも追いつけないよ。凡人なんだから。才能がないんだから。お前は月島とは違うんだから。

私はベッドのシーツを両手で掴みながら、ぽたりと落ちた涙の跡を見た。

女の子であることも、睡眠も放棄して、私は何を得たのだろう。

女の子と出かけていく好きな人の姿を見送って、一晩中音楽を作る苦痛に苛《さいな》まれて、私は一体何を得たのだろう。

白いシーツに幾つもの水玉が影を落とした。もう大切なものが何なのか、分からなくなっていた。

十一　心拍数

地下室では、定期的にライブが出来るようになった。

ステージから、すみれちゃんが来ているのが見えた。

すみれちゃんは十数人のお客さんの陰に隠れながら、恥じらうように小さく口を開けて曲を口ずさんでいる。

ステージの上から彼女の瞳がライトを反射してきらきらと光るのが見えた。少し高くなっているステージを、リズムをとりながら見上げている。

私はすみれちゃんが月島に恋をしていることを知っている。女の子が、ステージに乗っている人間に恋をしている時、ステージの上からはそれが丸見えなのだ。

彼女は、自分がどんなに無防備な眼差《まなざ》しをこちらに向けているかを知らない。ステージからは、意外にいろんなものが見えている。

私は知っている。すみれちゃんと月島。彼らがもう特別な関係であることも。

大学へ行くと、すみれちゃんと会うことがある。

幾つかの授業が被っているので、必然的に会うこともあれば、屋外に設置されているベンチで偶然会って、少しの間だけお互いの話をする、ということもある。

彼女は不思議な女の子だった。

月島と付き合っているはずなのに、いつも月島のそばにいる私を嫌がるそぶりも見せず、私を傷つけようという意思も感じられない。それぱかりか、授業が始まるまでの間、ただ私の手をなでたり髪を触ったりするだけで、特に何も話さないこともあった。外にあるベンチで一人で昼食を食べていると、彼女は私を見つけて寄り添うように横に座って、静かに話をし始める。

時々、彼女が笑うと首筋につけているブルガリの香水が仄《ほの》かに香って、胸がぎゅっと痛んだ。彼女からは、女の子のいい匂いがした。

「悠介君とね、川崎にいった時にさ……」

彼女が話してくれる体験を、私は想像しながら聞く。一つのカップをシェアして飲んだスターバックスの珈琲の熱さや、二人が初めて手をつないだ時の胸の鼓動。

私の知らない月島を知ることで、私は満たされていく反面、飢えてもいった。興味深く聞いているのに、突然胸がざわざわと乱れ、中毒のように詳細を知りたくなってしまう瞬間があった。

それで、その時に、月島はなんて言ったの？

それで、その時に、すみれちゃんはどう思ったの？

急《せ》かすように質問を繰り返す私を見て、すみれちゃんもその時の状況を描写するのに熱が入った。でも時々ふと我に返って、

「なっちゃん……話聞くの、もしかして嫌なんじゃない？」

と、心配そうに私の顔を覗き込む。

そんな時、私は決まって笑顔で先を急かした。

「どうしてそんなことを訊くの。大丈夫だよ。それで、そのあとどうしたの？」

すると彼女は困ったように微笑み、話をやめて長く沈黙したままじっと私の目を見て、そしてため息をついた。

「二人とも、似た者同士だね」

すみれちゃんは誰のことを言ったのだろうと考えていると、彼女は視線を落として、私の指を人差し指でなぞった。

「指、やっぱり長いんだね……ほら、私の手ってすごく小さいの……。なっちゃん、すごく短い爪……あ、指先がこんなに硬くなってる。ピアノであんな綺麗な音が出せるんだもんね……」

そう言いながら、指の内側を、すみれちゃんの細い指先がそっと撫でていく。身体をこちら側に傾けているせいで、ブルガリの匂いが鼻の前をかすめている。

広い構内にベンチは幾つもあるせいか、周りには私たちの他には誰もいなかった。

彼女が柔らかく指を撫でる。時々指のサイドにやさしく爪をたてたり、根元に指を絡ませたりした。

私は段々口の中に溜まっていく唾を飲み込みたくて、それを我慢していた。

心拍数が上がる。

「気持ちいいの？」

彼女が風のような声で聞いた。彼女の瞳の中に、空がうつっていた。

髪をなでるような風に、すみれちゃんの一つに結った髪が揺れる。絵はがきのような景色の前で、私は言葉を探した。

「最近はね、ステージに上がると、月島に誘われてこのバンドに入ったこと、忘れてることがある。最初は入る気なんて全然なかったのに、いつの間にか、バンド自体が大切だと思い始めてる。今は毎日思うよ。バンドで役に立ちたい、曲を作れるようになりたいって。月島やぐちりんと肩を並べて、音楽家でいたいって。でも時々、分からなくなってしまうことがあるの。自分にとって一体何が大切なんだろうって。夜一人でコンビニに買い物に行くだけで、突然涙が止まらなくなることもある。本当にこれでいいのかなって。すみれちゃんの隣にいると、ああもうずっとここにいて、何も考えたくないと思ってしまう。そういう瞬間、自分の大切なものが何か、分からなくなる」

すみれちゃんは私の言葉を聞きながら、静かに頷いてまた指を優しく撫でた。彼女が黙っていると、カールした長いまつ毛が瞬きで上下するのが、とてもゆっくり動いているように見えた。

私は月島の彼女になりたいと望む一方で、女に成り下がることを見下していた。見つめ合いたいと思う一方で、同じ方向を見据えて肩を並べたいと願っていた。

私はいつの日からか、ひらひらしたスカートの代わりに、汚れたジーンズを穿《は》き始めた。

男たちと一緒にラーメンを食べに行き、一人でも地下室で作業をした。流しで髪を洗うのも、地下室のトイレで水浴びをするのも平気だった。

苦手だったパソコンに向かい、朝まで音作りを続けた。

いつの間にか、ピアノは難なくインテンポで弾けるようになった。

外食もせず、大学の友達の誘いも受けず、お洒落も一切せずに、バイト代の全てをバンドにつぎ込んだ。

それは、仲間達に自分はみんなと肩を並べられる仲間の一人なんだと証明したかったからだ。

それなのに。

私はすみれちゃんを知りたくて仕方がなかった。

月島が何を感じて、どんな人を好きになって、新しく得たものは何なのか、すみれちゃんを前にすると、月島のことを知りたくて仕方がなかった。

自分が愛することが叶わなかった、すみれちゃんの中に居る男としての月島を、私は愛そうとしていた。

そんな曲がった愛情を持ってはいけない。そんなことをしても、本当に月島のことを知ることができる訳ではない、と思う。

それなのに、すみれちゃんの話を聞いているうちに、私の知らない月島を知らなくては、と半ば義務感に近い気持ちさえ湧き上がってきた。

月島の全ての変化を知らなくては。

誰に言われた訳でもないのに、そうしなくてはならない理由などないのに、私はその思いに囚われていた。

「呪いみたいなものなのかも」

気がついた時には、私はすみれちゃんに、そんなことを洗いざらい全部話していた。誰にも話したことがなかったのに、私は彼女の前で無防備になっている。

彼女はそっと私の頰に手をやって、自分の額と私の額をつけた。ちょうど、親が子どもの熱を額で測る時のように。

そして、私たちにしか聞こえない声で、

「素敵だよ」

と、ほんの少し唇が触れるくらいのキスをした。

驚いて顔を離してからも、まだ鼻が当たるくらいの場所で、私たちは静かに息をしていた。

冷静に考えれば、おかしいのかもしれない。私たちの関係は恋敵《こいがたき》だ。

でも、私は彼女のことを、彼女の中にいる月島のことを愛しく思いながら、目を合わせて、今度は長いキスをした。

少し唇を開けると、彼女の柔らかい舌が口の中に入ってくる。舌が溶けてしまいそうなその行為をしながら、私たちはお互いの身体のいろんなところを、服の上から柔らかく撫でた。彼女の服はつるつるしていて、胸や太ももの内側を、私の指の腹が滑っていく。

どうしてか、幸せな気分だった。他人に触れたり、触れられたりするのが久しぶりだからだろうか。こんな感情を外に出したのが、久しぶりだからだろうか。私は小さな声で、

「ありがとう」

と言っていた。

すみれちゃんは微笑みながら、どうしてありがとうなんて言うの、と言った。

私は、上手く説明出来なくて、もう一度彼女の手をぎゅっと握った。彼女はまた私の手を優しく握り返してから、顔をあげた。

「なっちゃんは大切なものが何か、本当は分かってるよ」

瞳の中に自分がうつっていた。もう地下室に行かなくてはいけないことを思い出している自分と目が合う。

「だから私のこと、きっとすぐに忘れるよ」

顔を離して、すみれちゃんはそう言った。忘れないよ、と言い返しても、彼女は微笑

んでいるだけだった。

私たちは建物の隙間に少しだけ見える空を見た。白い雲が、時々ふわっと現れては風に流されていく。

私がベンチから立ち上がると、すみれちゃんは小さな声で、頑張ってね、と言った。

地下室に向かう電車の中で、指で確かめるように唇に触れた。柔らかな舌の感触が、まだ残っている。

すみれちゃんとのキスが、異性とのキスと何の違いもなかったことに驚いた。

女友達との友情のキスでも、興味本位でふざけて唇を合わせた訳でもなく、性愛を込めたキスであったことを、私は何度も確認する。

切なげに身体が震えた。私は興奮していた。

すみれちゃんの向こうに、私は月島を見ていた。彼女の唇の柔らかさを感じながら、私は彼女に触れた時の月島の気分を想像していた。彼女の小さな舌の感触が、月島との共通言語として成立することに喜びを感じている。それが愚かしいことだと分かっていながら、私の体温は上がっていた。

電車の扉がプシュ、と音をたてて開いた。外の空気に触れて、皮膚の細胞が一気に呼吸をする。

雲一つない青空の下にいるような気分で、私はいつか月島と今日起きたことについて話がしたいと思った。まるで昨夜の情事がどんなに素晴らしかったかを語る男女のように、私たちはすみれちゃんについて話せるような気がした。

私たちは、男と女として、もうそれで充分なのかもしれない。

何かが終わったような気がした。ずっと叶わなかった願いを、密かに叶えたような気もした。相変わらず今夜眠れるかどうかは不安だったけれど、しっかりと二本の足で立っている感覚があった。

私は地下室に向けて歩き出した。何もかも分かったように、きっとすぐに忘れるよ、と言った彼女の声がどこかから聞こえた気がした。

地下室に着くと、月島はソファに座っていた。何か考えている顔をしていたので声をかけずにいると、月島は突然父に貰ったアコースティックギターを膝に乗せて、歌を歌い始めた。

「おかえり」

キッチンにいたぐちりんが、立ったままの私に声をかける。ただいま、と言って鞄を置くと、横から口笛を吹くような月島の歌声が聞こえてきた。

私は息をのんだ。なんて綺麗な歌声なんだろう。まるで少年のようだった。

月島の声は、ときどき神様の贈り物みたいに聞こえる時がある。

どんなに人に迷惑をかけても、どんなに人を傷つけても、それだけで全部帳消しにしてしまうような声。

気ままに歌っているだけなのに、何故だかとても遠い世界の声のように聞こえた。私はため息をついて、天井を見上げた。この天井に石膏ボードが張られていた頃が、随分昔みたいに感じられる。

私たちが、本当にふたごのようであれたらいいのに。境界線が消えて、何もかもを共有出来たらいいのに。

そうすれば、今君が見ている世界を見ることが出来るのに。

私は地下室で、そっと遠い世界の声を聴き続けた。この声をもっと遠くまで響かせたい。ふとそんなことを思った。

十二 靴の先

矢部チャンが地下室に来なくなったのは、夏に入った頃だった。

ある日、いつものように練習をしようと地下室に集まると、矢部チャンの姿が見当たらない。月島とぐちりんと三人だけで練習をしながら待ってみたが、矢部チャンは何時になっても現れなかった。

「アルバイトで、疲れて寝ちゃったのかな?」

ぐちりんは矢部チャンをかばうようにそう言ったけれど、矢部チャンは次の日も、また次の日も現れなかった。地下室では矢部チャン不在のまま練習を続けたが、音沙汰もないままに一週間が経過した。

私は恐るおそる、

「部屋で寝込んでるってことは……」

と言ってみたが、横に居た月島にすぐさま、

「ないだろ」

と否定された。

矢部チャンは、どう考えても、意図的に私たちとの関係を絶っていた。口には出さなかったけれど、それがどうしてなのか心当たりがない訳でもない。

矢部チャンはもともとノイズ系の音楽が好きだ。轟音や機械音が響くそれらのジャンルを愛する矢部チャンがやりたかった音楽は、確かに私たちがやろうとしているものとは違っていた。

「靴を見つめる人」という意味でつけられた、シューゲイザーというジャンルの音楽を聴いていた矢部チャンの姿を思い出す。

月島は、「上にいこう」と言ったが、矢部チャンは下を向いていたかったのかもしれない。靴を見つめながら、音楽をやっていたかったのかもしれない。

確かに、私たちのやっているバンドを片手間でやることは出来ない。月島の要求はいつもぎりぎりまで頑張らなければ応えられないものばかりだったし、地下室は改装のために常にやることで溢れていた。

私は大学に行くのを卒業出来る最低限の日数に抑えて、ぐちりんは大学院に行くのも就職するのもやめた。就職を勧める親の意見を押し切ってバンドを続けるには、相当な覚悟を決めたのだろうと、矢部チャンの行く末を案じるぐちりんの横顔を見る。

「次は下北沢でライブが決まってるけど、出ないつもりかな……」

予定を見ながら非難するように私は言った。

ぐちりんは携帯で矢部チャンに数回電話をかけてみたが、どれも繋がらなかった。

もしも矢部チャンがバンドをやめたら、私たちはまた振り出しに戻る。

それが分かっているのに、無責任に地下室に来なくなるようなやり方に、私は非難の言葉を重ねた。

「こんな風に、連絡をしないことで逃げるみたいに自分の意思を伝えるなんて、卑怯だよ」

でもそう言いながら、どこか安堵している自分がいることに私は気づいてしまっている。心のどこかで、そうだよね、逃げてしまいたくなる程大変だったよね、と頷いてしまっている。

矢部チャンの気持ちが誰よりもよく分かるのは、私だ。月島とぐちりんの二人を目の前にして、はっきりとバンドを辞めると言えるくらいなら、矢部チャンだってそうしただろう。

二人の夢はそれほどまでに重い。逃げてしまいたくなる程に重いのだ。私にはその気持ちが痛いほど分かっていた。

私が選択してしまいそうだった道を、今矢部チャンが歩いている。

地下室での生活は、楽しいばかりではなかった。

ライブハウスを作り毎月多額の支払いをしなくてはならない不安を抱えながら音楽を作り出す日々は、渡っている橋が後ろから落ちていっているような生活だった。

ここで生きていくには、走るしかない。

橋と一緒に落ちてしまわないように、走って、走って、仲間たちと一緒に走り続けるしかない。歩みを止めたら、もう月島やぐちりんとは、いられなくなってしまう。

だから私は、無我夢中で走り続けてきた。

もしかすると矢部チャンは、橋の下に新しい道を見つけたのかもしれない。けれど、私は、地下室で二人と走っていたかった。

皮肉にも矢部チャンがいなくなったことで、私は初めて自分が「頑張っている」と認められたような気がする。

矢部チャンのいなくなった橋を、私はまだ走り続けている。月島とぐちりんの後ろ姿を追いかけながら、私はこのまま走り続けようと思っている。

結局矢部チャンが戻ってきたのは、二週間後だった。何も言わずに地下室の扉を開けた矢部チャンは、

「ごめん」

と気まずそうに言ってから、静かに、このバンドをずっと続けていくことは出来ない、と宣言した。

誰も驚かなかった。きっとそう言うだろうと思いながら、私たちは二週間、矢部チャンのいない地下室で過ごしてきたのだから。

「分かった」

月島は、矢部チャンに何も聞かずにそれだけ言った。
私は、この先どうしようね、という言葉を飲み込んで、月島が何か言うのを待った。
バンドは、また振り出しに戻ってしまったのだろうか。
月島は顎に手をあてて、考え続けた。沈黙は長く、それは永遠に続くような気がした。

十三　夜明け

次の日の夜、地下室に帰ると、珍しく誰の姿も見当たらなかった。

誰もいない地下室には違和感を感じる。メンバーの空白がそこに存在していて、常にいないということを強調しているみたいだった。

私は鞄を置いて、すぐにノートとボールペンを取り出した。スツールに座って、ノートのページをめくってみる。

紙は一度書いた言葉を真っ黒に塗りつぶしているせいで、ぼこぼこと凹凸を作っていた。

手が震えてくる。私はペンを持っている右手に、そっと左手を添えた。

落ち着いて。

歌詞を書こうとすると、恐怖で手が震えてしまうのだ。

また駄目かもしれない。

また、自分に才能がないと証明してしまうだけかもしれない。

そんな声に毎回押しつぶされそうになってしまう。

何度言葉をノートに書いてみても、自分の言葉というものが何なのか分からなかった。

誰かの言葉でもなく、ましてや月島の言葉でもなく、自分が考えた言葉というのが、一体何なのか、分からなかった。

私は真っ黒に塗りつぶされたノートを眺めた。私には伝えたいことなんてない。歌にのせて誰かに伝えたい想いがある訳でもないし、音楽で世界を変えたいと思ってもいない。

じゃあ一体、私はどうして歌詞を書いているのだろうか。どうしてこんなに苦しんでまで、歌詞を書こうとしているのだろうか。

伝えたいことがある訳じゃないのに、歌詞を書かなくては、と追い立てられるような焦燥を感じているのは何故だろう。世界を変えたい訳じゃないのに、歌詞が書けなければ、生きていけないような気分になってしまうのは何故だろう。

月島に言われて始めたはずの作曲活動なのに、こんなにも私は、歌詞を書くことに振り回されて生きている。曲を作ることに翻弄されている。立ち向かっては失敗して傷ついてばかりいるのに、それでもまだ結果を出したいと願っている。それはどうしてなのだろう。

私は、もしかしたら。

ふと一つの考えが頭に思い浮かんだ。私はもしかしたら、自分を救うために、歌詞を書こうとしているのだろうか？

そう思い始めると、ああ、そうかもしれない、と急に腑《ふ》に落ちた。今まで、月島に言われたから書いているのだと思っていたけれど、それはもう違っているのだ。

確かに初めは、月島に言われて歌詞を書いた。でもなかなか上手くいかず、何度も書き直しているうちに、彼は、

「もっとなっちゃんの言葉があるはずだよ」

「俺には書けない歌詞を書いてよ」

と言った。

自分にそんなものが書けるのだろうか、自分の言葉とは何なのだろうと葛藤しながらも、そんなものが書けたら、私は自分を救えるかもしれないと心のどこかで思っていた。

これまでもずっとそうだった。

ピアノに向かうのが苦しかった時、自分と月島の関係に悩んだ時、私が迷子にならないように助けてくれたのは、いつも言葉だった。

言葉があれば、役立たず、お前なんて才能がない、という声から自分を救えるかもしれない。

居場所なんてない、お前なんていない方が良かった、という声から自分を守れるのかもしれない。

そんな希望を、歌詞を書いている時に持っていたのだ。

私はもう一度ノートを眺めてみた。心を掻きむしったような粗いボールペンの跡に触れる。

真っ黒に塗りつぶされた言葉の数だけ、自分は駄目だと思い続けてきた。ぐるぐると渦を巻いている分だけ、才能がないのだと苦しんできた。

でもこれは、私が希望に向かって歩いてきた跡なのかもしれない。

自分を救ってくれる場所を求めて、探し歩いてきた跡なのかもしれない。月島がくれた「なっちゃんの言葉があるはず」という言葉に向かって、一歩ずつしっかりと歩いてきた跡。

私はノートの新しいページをめくって、もう一度ペンを持った。何度やっても、やっぱり手が震えてしまう。

でも、それでいいのかもしれない。

自信がないから、歌詞を書きたいのだから。自分に何の価値もないと思ってしまうから、曲を作りたいのだから。

そこに救いがあると思うから、このバンドでミュージシャンになることを諦めないのだから。

私は、自分に歌詞を書く機会をくれた月島のことを思った。月島は、ずっとこんな世界の中で、一人で曲を書いていたのだろうか。

もしかすると、

「一人で成功したって楽しくないよ」

と言った月島の言葉の中には、不安やプレッシャーがあったのかもしれない。

成功も失敗も一人で受け止めなくてはいけないという不安の中から、助けを呼ぶように私に歌詞を書く機会をくれたのかもしれない。

私はずっと、月島に対して、どうして私の気持ちを分かってくれないんだと思い続けていた。そばにいたくて、話が出来るだけで充分だったのに、どうして歌詞を書かせ、曲を作らせ、舞台に立たせ、こんなに辛い思いをさせるのだろう、と。

でも私の方もずっと、月島がどんな気持ちで私をアーティストにしようとしているか、分かっていなかったのかもしれない。

月島が感じている孤独やプレッシャーを、私に「歌詞を書け」と怒らなければいけなかった程の不安を、私も分かっていなかったのだ。

曲を作るというのは、孤独で恐ろしい作業だと思う。

何もない所から言葉を、メロディを創作していくことは、渇いて、飢えて、身体の中から水を最後の一滴まで搾り取られるような作業であるにもかかわらず、その最中に、オアシスのような幻影を見せられる。

気づいたら、あそこまでいけば自分は救われると信じて、歩いていくしかなくなってしまっている。

月島は私よりずっと前にたどり着いた砂漠から、私のことをずっと呼んでいたのだろうか。

なっちゃんの言葉で、ここまで歩いてきてくれよ、と。

私はしんとした地下室で、ノートに言葉を書き記していった。一つ書いては消し、うろうろと歩き回っては、また一つ書いてみる。自分の才能のなさを痛感しながら言葉を消し、またノートに向かう。砂漠で、せめて美しい星が見えたらいいのにと願うように、私は歌詞を書けなければ消えてしまいそうになるこの気分が、アーティストになる宿命だったらいいのにと願った。

夜が過ぎて、いつの間にか朝になるまで歌詞を書いていた。ぼんやりとした明かりの中で、ノートを広げてみる。完成した歌詞は、仲間について書いたものになった。ずっとそばにいるのに、本当は遠くにいた仲間と、ようやく再会出来るという歌詞。そしてこれからは、一緒に歩いていこうという歌詞。それは自分にしか書けない言葉であるような気がしたのだ。

私は倒れそうになって、ソファに身体をもたせかけた。もう外は明るいはずだけど、大学には行かなくていいや、という気分になる。

地下室の朝はちっとも清々《すがすが》しくない。天井付近に取り付けられた小さな窓から、ほんの少し朝日がこぼれてくるだけで、全体的に暗い。

いつもなら、朝日を見ただけで一日の始まりを急かされる気分になるのに、今日はこの暗さが心地よかった。これから眠ることを許されているような、心地のいい暗さ。

私はいつの間にか眠りに落ちた。ノートを広げたまま、着替えもせずに、靴も履いたまま眠りに落ちていた。

深い眠りの中で、夢を見た。歌詞のことばかり考えていたからなのか、私は夢の中でも歩いていた。広大な土地を、大きな鞄を背負って歩いていた。

ふと急に、月島が呼んでいるような気がした。あたりを見回してみると、遠い所から、おーい、なっちゃん、こっちだよ、と手を振っている。私は手を振り返しながら声の方へとまた歩いていった。すると月島の姿が見えてくる代わりに、次第にあたりが明るくなって、うっすらと視界が開けてきた。

ああ……目が覚めたのか。

一時間も経っていないような気がする。私はどうしてこう眠りが浅いんだろう。折角気持ちよく眠れたのだから、もう少し眠っていたかった。

そう思いながらぼんやりと焦点を探していると、月島がびっくりしたような顔で私の前にいた。

「あれ……おはよう」

いつの間に地下室に着いたのだろう。扉が開く音で起きなかったのだから、随分深く眠っていたのかもしれない。私が身体を起こすと、月島は突然表情を崩した。

「いい歌詞だよ」

そして、私の肩を何度も叩いた。

「すごくいい歌詞だよ、なっちゃん」

月島の手には、私の真っ黒なノートがあった。

「……本当に？　読んだの？」

「うん。すごいよ」

私はまだ夢の中にいるような気がした。これはさっき手を振っていた月島だろうか。広大な土地で、遠くでおーいと声をかけてきた月島なんじゃないか。でも、月島は私のノートを持って、私の書いた歌詞を嬉しそうに眺めている。

夢の中よりも、何だか夢みたいだ。私は喜んでしまうのが怖くて、

「よかった……」

と小さな声で言った。

言ってみると、みるみるうちに自分の目に涙がたまっていった。乾いた身体が、急速に潤っていく。

またその声を聞かせてほしい。いいね、すごいよという月島の声が聞けるなら、私はきっとこの先も歌詞を書き続けられるような気がした。

安心すると、また眠気が襲ってきた。時刻をみると、やはりまだ一時間も経っていな

い。とろんと瞼《まぶた》が落ちてくる。今日は大学へも行かないし、ずっと地下室にいればいい。起きたらきっと、ぐちりんも来るだろう。そしたら、今日の話をしよう。ご飯を作りながら、歌詞が書けたことを報告しよう。

それから、それから……

「おやすみ、なっちゃん」

月島の声がすぐそばで聞こえた。私はまたいつの間にか眠りに落ちていた。

十四　ラジオ

矢部チャンがバンドを抜けた。

下北沢のライブまで、既に一ヶ月を切っていた。月島に呼ばれてアルバイトから急いで地下室に帰ってきた私は、荷物をスツールに置いた。

カウンターの上には、レコード会社にオリジナル曲を送るために買った真っ白なＣＤ－Ｒや、その送付先の資料が置いてある。

矢部チャンは、全く何てタイミングでやめたんだろう。

バンドはここから一気に動き始める予定だった。それなのに、メンバーがいなければライブをすることも出来ない。私はカウンターに絡まったまま置いてあるなわとびを見つめた。

練習の休憩中に、四人で二重跳びの記録を争うために使ったなわとび。でもそれも、ぐちりんが百二十八回という前人未踏の記録を打ち出してから、誰もその記録に挑戦しなくなった。

冷蔵庫には矢部チャンの書いた「百二十八回」というメモが磁石で貼られたままになっている。

先に地下室に着いていた月島とぐちりんは、私が到着したのを見てカウンターに集まってきた。

「俺に考えがあるんだよ」

月島はカウンターに手をついた。私たちは、下北沢のライブまでに矢部チャンが抜けた穴をどうにかしなければならない。月島に呼ばれた時は、話し合いが始まるのだと思っていたが、月島には既に心当たりがあるみたいだった。

新しいメンバーのあてがあるのだろうか？

誰の顔も思い浮かばないまま宙に視線を泳がせていると、月島は携帯電話をジーパンのポケットから取り出して、

「ちょっと交渉してきます」

と言って、突然扉を開けて出て行った。

あっけにとられる。時間差で、きいと音をたてて扉が閉まった。

カウンター越しに、私とぐちりんは顔を見合わせた。

「誰に交渉しに行ったの？」

私はぐちりんに質問した。

「俺も分からない。誰か心当たりがあるのかな？」

ぐちりんも見当がつかない様子だ。

私たちは矢部チャンの代わりになり得る人間を想像しようとしたが、その姿はぼんやりとしたまま、ベールに包まれていた。

月島は今、誰と話しているのだろう？

私は絡まったなわとびをほどきながら、月島のことを待った。

月島とぐちりんの空気は独特だ。

月島とは小学校から一緒のぐちりん。朝なかなか起きられない月島のことを、ぐちりんはいつも家まで迎えに行っていたらしい。

修学旅行で行った場所も受けた授業も流行ったものも同じ月島とぐちりんは、音楽を作っているとき、ときどき私にも分からない特別なリズムに乗っている。

呼吸をしているだけで、お互いの音楽のことを分かり合えるみたいに見える。そんな二人とともに、同じように呼吸が出来る人をそう簡単に見つけられないことは、月島とぐちりんが一番よく分かっているだろう。

彼らはバンドメンバーを探し続け、結局自分たちの一番近くで呼吸をしていた私のことを選んだ。矢部チャンですらダメだったのに、彼らのリズムに合わせられるメンバーが他にいるだろうか？

月島には何か秘策があるようにも見えた。

でも、あれだけ探していたバンドメンバーがそんなに簡単に見つかるのなら、そもそも私が誘われることもなかったんじゃないかと、私は自分がバンドに誘われた時のことを思い出す。

「お前だけは嫌だったけど、もうお前でいいや」

私でさえそんな言い方で無理やりバンドに加入させられたというのに、一体他に誰がこんな地下室に毎日来ることが出来るというのだろう？

私は黙って時計を見た。月島が出て行ってから、三十分が経っている。

「ずっと電話中なのかな？」

そわそわして、ぐちりんに話しかけた。

「交渉するって言ってたけど……」

ぐちりんは冷蔵庫を何度も開けては、何も取らずに閉めることを繰り返した。

すると、突然勢い良く扉が開いた。

驚いてそちらを見ると、月島が扉から入ってきて、静かに携帯電話をカウンターに置いた。私は椅子から身を乗り出して、月島の様子を窺う。

誰に電話していたの？　交渉は？

それでも何も言わずにスツールに座る月島の前で、私とぐちりんは、答えを催促するように椅子から立ち上がった。

「新メンバーが決まりました」

月島は両手をカウンターについて言った。

「本当に？」

私は叫んでしまった。

三十分で一体何があったというのだろう。私とぐちりんはまた顔を見合わせた。以前はあんなに苦労しても見つからなかったバンドメンバーが、今度は月島の電話一本で見つかったのだという。

確かに、バンドを始めた頃と今では月島は別人のようになっている。今では、推進力もあり、頼り甲斐もある。でも、だからと言ってそんなに上手くいくものだろうか？

「新メンバーは……」

月島がそこで言葉を切ると、ドラムロールが頭の中に聞こえてきた。

これから生活を共にしながら、この地下室で音楽を作ることの出来る人間の名前。

一体誰に電話をかけたというのだろう。三十分で何をしたと言うのだろう。マジシャンが手の中から鳩を出すように、その名前は驚きに満ちた期待とともに、発表された。

「ラジオです！」

あのラジオ？

いつもバンドのティシャツを着ているラジオ？　地下室の階段にエビが出たと怯えていたラジオ……？

私は首をかしげた。確かにラジオなら、月島の友達だ。地下室の近くの工場で働いてもいる。もしかすると、音楽の趣味も月島やぐちりんと合うかもしれない。

でも、私はラジオが何度もバンドの誘いを断るのを見ていた。それが今になって加入を承諾したのはどうしてなのだろう？

どの質問からしたらいいのか混乱している私に、月島は、電話の経緯を説明し始めた。
月島：「バンドから、矢部チャンが抜けたんだよ」
ラジオ：「うん」
月島：「だから、バンドに入ってほしい」
ラジオ：「……でも、俺楽器は出来ないよ」
月島：「DJなら出来るだろ？」
ラジオ：「DJがバンドに入るの？」
月島：「そう。一生のお願いだ。バンドに入ってくれ」
ラジオは長い空白の後に、うん、と答えたのだそうだ。
月島から一生のお願いをされたラジオの話を聞いて、私は自分の時とのあまりの違いに、思わず顔を引いて、
「ふうん」
と相槌を打った。ラジオのせいではないのに、あまりの待遇の違いに私は頰を膨らませる。
ラジオは、楽器が出来ない。それでもラジオのことを誘ったのは、音楽をかけるのが好きで趣味でターンテーブルを買っていたラジオに、DJとして参加してもらうという目論見があったからだと月島は言った。
そんなことまで考えていたなんて、月島は随分前からこうなることを予想していたの

かもしれない。

それから少しすると、ラジオが地下室にやってきた。

ラジオは相変わらずバンドのティシャツを着ている。今日のティシャツ、レッド・ホット・チリ・ペッパーズ。

「一生のお願いと聞いたので……」

そう言ってカウンターに近づくと、ぐちりんが椅子を一つずれて、ラジオに手前の一席を譲った。

ラジオが座ると、カウンターの椅子が小さく見える。

「それにしても、どうして今回はバンドに入ろうと思ったの？」

私はラジオに改めて聞いた。

以前にも月島に誘われていたはずのラジオが、今になって加入を決めた理由が気になっていた。

ラジオは左右に椅子を揺らしながら、のんびりと口を開いた。

「俺、工場で働いてるんだけど。前に誘われた時はその会社に新しい機械を入れたばかりで、景気が良かったんだよ。それで仕事もたくさんあるし、バンドは無理だなと思ってて……」

「じゃあ今は景気は良くないの？」

「まあ、はっきり言うと、不況のあおりを受けています」

ラジオが真顔で言った。

ラジオの胸のあたりで、ティシャツのレッド・ホット・チリ・ペッパーズのメンバーも深刻そうな顔でこちらを見ている。

「中小企業が一番打撃を受けるという……あの不況の煽《あお》りというやつですか……」

ぐちりんが、塾の講師のような言い方で言った。

ラジオは、そうなんです、とシリアスに返した。オフィスで話されるような声のトーンが可笑しくて、私は思わず笑ってしまった。

月島がカウンターの中に入って、冷蔵庫からビールを取り出す。いつの間に買ったのだろう、普段は飲むことのない、発泡酒ではない、金色と紺の缶だった。ザ・プレミアム・モルツと書かれた文字が、輝いて見える。

全員にビールが配られると、月島が缶をプシュッと開けて、目の高さまで掲げた。

「じゃあ……新しいバンドメンバーに乾杯」

「不況にも乾杯！」

ビールは一本で充分だった。みんなが話をしている中で、私はすぐに酔っ払った。

カウンターで飲み続ける三人から離れて、一人でソファに寝転ぶ。冷たい革のソファの触り心地が気持ちいい。

置いてあったかけ布団をたぐり寄せると、三人が話している声が心地よく響いた。以前、月島がラジオのことを「深夜の付けっ放しのラジオみたいな奴」だと言っていたのを思い出した。確かに、ラジオの声はどこかに安心する成分が含まれているような気がする。

月島はラジオと話をしている時、とても楽しそうに笑う。それは私やぐちりんと話しているときと、少し違う。

ぐちりんと笑っている時は、良い曲が出来た時だ。私と笑っている時は、いつも言葉の話をしている。もしかすると、月島にとってラジオが一番「友達」に近い存在なのかもしれない。

月島がラジオのことをどうしてバンドに呼びたかったのか、少しだけ分かるような気がした。こんなに和やかな空気なのは久しぶりかもしれない。

私はいつまでもソファの上で、三人の話し声に耳をかたむけていた。

十五　中華丼

本格的に夏がやってきた。地下室の階段を降りると、ひんやりと涼しい。私たちはアルバイトを終えると、一目散に日の当たらないコンクリートの中へと逃げるのだった。

「今日は何食べる？」

夏休みになってから、私は毎日を地下室で過ごした。楽曲を作り、ライブハウスを作りながら、ご飯を作る。

「中華丼にでもします？」

私は三人に提案した。地下室では、基本的に自炊をする。毎月の支払いを抱えている私たちに外食をする余裕などなく、一円でも安く食事をとらなくてはならない。

中華丼は地下室の人気レシピの一つだ。安い・早い・うまいときて、更に栄養価もばっちりだ。ラジオが来てからは食事の度に五合の飯を炊き、それを最後の一粒までたいらげた。

「ラジオ、もしかして好きな子がいるの？」

食事の用意が終わって、ご飯が炊けるのを待っているぐちりんが、さりげなく言った。

私はそっと耳をそばだてる。

それは私も密かに気になっていたことだ。ライブにはすみれちゃんの他にも私の高校や大学の友達が来ていて、その中の一人のことをラジオは気に入っているように見えたからだ。

「あーそのですね……」

ラジオは何故か敬語になって、顔を赤くした。すると、

「もしかしてバンドに入ったのは、好きな子がいるからだった？」

と、月島が茶化すように隣で言う。

あ、そうか。ラジオがバンドに入ったのは、不況のせいじゃなくて、私の友達が好きだったからなのか。

私はカウンターの椅子に座りながら足を浮かせて身体をくるくると回しながら、

「なるほどねえ」

と呟いた。するとラジオは慌てて、

「いや違うんですよ、それは違うんですよ」

と言いながら、椅子から立ち上がった。大げさに手を振っている。

ご飯の炊ける匂いがした。湿気《しけ》た空気が温かい。

「俺が前に誘った時に断ったのは、好きな女がいなかったからか」

月島が笑いながらラジオに追い打ちをかけているのを横目に、私は立ち上がって換気扇を止めた。中華丼に半熟卵をのせれば、もう完成だ。

「本気でバンドやる気になってなかったら、俺だって自分のコレクションを売ったりし

てないよ！」

ラジオの抗議の声が換気扇の止まった地下室に響く。

「みんなが頑張ってこのライブハウスを作ってるの知ってたから、ずっと集めてきたCDとかDVDを全部中古ショップに売ってきたんだよ！

俺、高校生の時からバイトして買い込んできたから、全部売ったら凄い数で、見たこともないような長さのレシートが出てきたんだよ！」

彼は、本当にこのくらいあったんだよ、と言いながら、手をめいっぱいに広げて、レシートの長さを表した。それはどう考えても、二メートル近くあることになる。

「それは嘘でしょう」

「ちょっと大袈裟でしょう」

私と月島がそう言うと、ラジオは、本当なのに！　本当なのに！　と足をどしどしと踏んだ。みんな笑っている。太っている人が困っている姿は、何故かどこかしらに可愛さがある。

私たちは中華丼の上にのった卵をとろりと半分に割って、ご飯を食べ始めた。中華丼は温かく、湯気のむこうで大盛りのご飯を食べている三人の男たちの姿がぼんやりと曇った。

ラジオが入ってから、不思議と笑っている時間が長くなっている。月島とぐちりんと三人でいた頃は、作詞や作曲のことでいつも空気がぴりぴりと張り詰めてしまっていた。

地下室の空気には、余裕がないことも多かった。まるで、仕事のために集まった会社員たちのように過ごすこともあった。

けれど同じ地下室にいるのに、そこにラジオがいるだけで、私たちは友達なんだということをいつも思い出すことが出来る。

ラジオは本当にラジオだった。張り詰めた空気を簡単に和ませてしまう。

月島はそうなることを知っていて、ラジオを勧誘したのだろうか。

「本当なんだよ、このくらい。このくらいなんだって」

と、大きな声で話しながら自分の手を左右に思いっきり開いているラジオは、きっとそんなことは知らないだろう。私は、中華丼を笑いながら食べている月島のことをちらりと見た。

ラジオのコレクションは、全部で二十万円になった。月々の支払いでいっぱいいっぱいだった私たちにとって、二十万円はとても大金だ。二千円で買ったCDが百円で買い取られてしまう時代に、二十万円を得たラジオのCDコレクションは、本当に凄い数だったらしい。

音楽をやるために、音楽を手放した彼は、四人の中で誰よりも音楽に詳しい。楽器が出来ない分、誰よりも音楽ファンなのかもしれない。

「自分のコレクションを私の友達のために……」

「バンドのためだってば！」

ラジオは抗議しながらも、ぺろりと中華丼をたいらげて、早くもご飯のおかわりをよそおうとしていた。それを見たぐちりんが、自分の分のおかわりも確保しようと、スプーンを持つ手の動きを速める。

月島は慌てて、

「俺の分も残しておいてくれ」

とぐちりんに頼んでいた。

彼らに会っていなかったら、今頃私は何をしていたのだろう。

自分がどんな人間か教えてくれたのは、地下室と仲間たちだ。彼らの笑い声の中で中華丼を食べている自分は、自分がずっと夢見ていた自分かもしれないと思った。

久しぶりに実家に帰ろうと、私は一人で自転車をこぎ始めた。

何日も着続けたティシャツを鞄に詰め込んで、深夜の環八を走り抜ける。トラックが大きな音を立てて、すぐ横を進んでいく。音を立てずに変わる信号を見ながら、足を止めて、真夜中の空気を吸い込む。空気は夜と朝で、味が違う。

私の人生は、いつも自分は孤独だと噛み締めてきたように思う。

月島と出会ってからも、自分はいない方が良かったのではないかと、そんな問答を繰り返してしまい、心が落ち着く場所を探しては、常に早足で歩いていたように思う。

でも信号が青になるのを待ちながら、寂しいはずの帰り道で、今の私はなんて「寂しくない」んだろうと気づいた時に、涙が出そうになってしまった。青信号に変わったのを見て、私はすぐにペダルに体重をかけた。

ふたごのようにずっと隣で時間を共にしてきた月島は、私のことをひとりぼっちにもしたけれど、ずっと一緒に夢を見ていられる友達を作ってくれた。

帰る、と言うことの出来る居場所を作ってくれた。

きっとこれでいいんだ、そう思いながら、右足と左足に交互に体重をかける。自分の人生は幸福に向かって歩き始めているはずだ。トラックが走る環八で、私は小さくそう呟いた。

十六　君の夢

ラジオの初舞台は、下北沢GARAGEになった。自分たちの作ったライブハウス以外で対バンをするのも経験になる、という理由で、元々ラジオが入る前から決まっていたライブだったので、ラジオは加入して早々、すぐに練習をしなければならなかった。

DJの練習というのは、まず機材を熟知するところから始まる。ライブではドラムやベースという、要になる音をDJ機材から出し、それに合わせて私たちが演奏するが、演奏が曲の途中で止まったり、再開したりする所はDJも一緒に合わせなくてはならない。

ラジオは機械が得意だったので、説明書を片手に練習に参加していた。突然の加入だったが、頭が痛くなりそうな専門用語にも屈せず、文句も言わず、黙々と練習に参加しているところには感心させられた。

私だったら大騒ぎしてしまいそうな状況だ。

通常、ライブハウスで演奏するには、最初にライブハウス側からアーティストが二千円程のチケットを二十枚くらい買う。それが事実上、場所代ということになる。

チケットを購入した後は、お客さんに売ってもいいし、自分たちで支払ってもいい。

私たちは一人でも多く来るようにと、二千円で買ったチケットを千五百円で売っていた。

二十枚以上売れた分はアーティスト側の取り分となる。でも、毎回二十人もお客さんを呼べるアマチュアバンドなんてほとんどいないので、どのバンドもたいがい赤字覚悟でライブにのぞむのだった。

下北沢GARAGEのステージは、地下にある。エレベーターがないので、楽器を一つひとつ地下まで運んでいかなければならない。子どもの体重ほどあるアンプを両手で抱えながら、小さな階段を降りる。

控え室はごちゃごちゃしていて、古びたソファやアンティークのアンプなどが置かれていた。

私はソファに座って、使用済みのステージパスが何百枚も貼られている壁や、売れ始めたバンドのサイン入りポスターなどを見回してみた。

今日はここで、ライブをするのか……。

ここにくると、いつもヒリヒリする。感じるのだ。この場所でライブをしてきた、バンドマンたちの怨念のようなものを。

私はローランドのキーボードをケースから取り出した。ローランドの製品は生のピアノに感触が近いので、気に入っている。隣でラジオが、DJ機材の配線を繋ぎ始めた。

「緊張してる?」

「そりゃあ、しますよ」

ラジオは、額に汗をかきながら、丁寧に機材をセッティングしていった。その横でギターをチューニングしている月島も、ラジオに声をかける。

「初ライブなんて最悪なものだよ」

月島が言うと説得力があった。私たちのバンドの初ライブは確かに最悪だった。保護者会のような客層と、お酒を飲んで後ろ向きで歌うボーカル。家族が困惑している表情を思い出すと、今でも気まずい気分になる。

「俺は今でも緊張するけどね。今もお腹痛いし……」

ぐちりんは、ラジオを慰めるように言った。彼はライブの度にお腹が痛くなってしまうのだと言い、ライブが終わった後もよく丸くなって腹痛を訴えていた。

もう何度目のライブか、数えられなくなっている。それでも、ステージに上がるのは毎回緊張する。

「なっちゃんは緊張しないよね」

「まあね」

ぐちりんに言われてそう答えた五分後に、本当は私もトイレで吐きそうになっている。でも、ステージに上がる前の私はいつもよりわざと余裕を見せることにしていた。口に出してしまうと、余計に緊張してしまいそうで怖いからだ。

ステージに上がると、客席に一つ前に演奏していたバンドと次に演奏する予定のバンドの顔ぶれが見えた。ライブハウスでは、一晩で四つか五つのバンドが演奏することが多い。その日に出演する全員の顔を知っている訳ではないが、ステージから見ると、他のバンドマンはすぐに分かるものだ。

彼らは一体どんなもんかと、腕を組んで、こちらを険しい顔で睨んでいるからだ。

「新曲をやります。仲間のことを書いた歌詞です」

私はマイクを通してそう言った。キーンとハウリングを起こす音が大きくなるだけで、客席からの反応はない。新曲を待っている人などいないので、当然だ。それでも、私は自分の曲がこのバンドで演奏出来ることが嬉しくてたまらなかった。

演奏をしながら、私はバンドメンバーを眺めた。緊張しているラジオ、心配そうに見守っているぐちりん、そして堂々と前を向いて歌っている月島。

「ありがとうございました」

月島が、曲の終わりで言った。ぺこりと頭を下げて、舞台裏へと歩いていく。ぱちぱちと小さな拍手が、背中に送られた。今はそれで充分だった。

終演後、演奏した曲名が書かれた手書きのセットリストを床から剝《は》がして、ステージ脇でキーボードを片付け始めた。先にギターやDJ機材を片付け終わったメンバーたちが、そそくさと控え室へと戻っていく。

しばらくすると、ステージの下から会場のスタッフが声をかけてきた。

「挨拶をしたいという方が来ています」

挨拶、と言われても見当がつかない私は、楽器に繋がっていたシールドを抜きながら、気の抜けた返事をした。

「はあ」

チケット代の支払いなら、楽器の片付けが終わったら行くのに。私はいつもライブの予定を入れたり、支払いなどの事務を担当しているので、会場のスタッフに声をかけられることが多い。今回もそうだろうと思いながら、私が曖昧な表情をしていると、スタッフは、

「音楽業界の人みたいですよ」

と、急かすように言った。いきなり心臓がどくんと鳴った。

音楽業界の人。

それは待ち焦がれていた人だった。

録音したCDを何十枚も送ってみたのに、何の返事もくれなかった人。これからどうしたらいいのか、ずっと相談したかった人。会いたくて、私たちを見つけて欲しくて、ずっとアピールしていた世界の人。

「どうします？」

スタッフは面倒くさそうにしていた。

「わ、分かりました、今メンバーを呼んできます」

そう言いながら、心臓の鼓動はどんどん速くなっていく。

うか。音楽業界の人！　どうしようどうしよう。もしかしたら、スカウトだろうか。今日のライブを見ていたのだろうか。デビュー出来るんだろうか。いや、でもまだ分からない、詐欺かもしれないんだから！

ステージの上よりも更に速く鼓動が胸を打った。バクバクという音が耳の中で響く。急いでいるのに、笑ってしまいそうだ。しっかりしなくては、と思うのに、急に大声をあげて叫びだしたくなる。控え室へと階段を駆け上がっていくと、その混乱はピークに達していた。

もうこの壁に貼ってあるアーティストパスも、お世話になりましたと書かれているポスターも、全部剝がしてびりびりに破いてしまいたい。小さくなった破片を集めて、紙吹雪にして投げてしまいたい。

すごいことが起きた。早く伝えたい。早く伝えたい！

「ねえ、きて！」

控え室に着くと、月島がソファに座っていた。息を切らしたまま声をかけると、月島は何事かと立ち上がって、心配するように私の肩に手を置く。

「どうしたの、大丈夫？」

月島の不安げな顔が、はあはあと息をする私の前にあった。月島の顔を見ると、今度は泣いてしまいそうになる。学校をやめて、留学から帰ってきて、精神科の病院に入院して、病気と闘ってきた月島。

バンドを始めた月島。

月島が歩いてきた道のりを、私は誰よりも知っている。嬉しいことや楽しいことよりずっと、辛いことや苦しいことが多かった月島の人生。

私は深呼吸をしてから、ゆっくりと月島に告げた。

「音楽業界の人が来たよ」

月島は私と同じように、何だか悲しいような嬉しいような複雑な表情をしていた。喜んでいいのか、気を引き締めないといけないのか、分からないように見えた。そして、何か怖いことを聞くような顔で、

「その人、まだいるの？」

と尋ねてきた。

「挨拶したいんだって」

「じゃあ一緒に行こう」

「うん。一緒に行こう」

階段を降りるときは、一人で上がってきた時よりは少し落ち着いていた。もしかしたら詐欺かもしれないのだから、と思うことで、スキップしてしまいたい気持ちを押し込める。

本当は泣いてしまいそうなほど期待していることを、音楽業界の人に悟られないよう

に、私は息を整えながら階段を一段ずつ下っていった。月島の浅い呼吸が隣から聞こえていた。

受付のそばにいくと、同世代くらいのラフな格好をしている男の人が立っていた。スーツを着たおじさんが待っているものだと思い込んでいたから、彼が本当に音楽業界の人なのかと少し不安になった。

髪を短く切りそろえて、眼鏡をかけている彼は、何も聞かなければ大学生に見える。本当に大学生だったらどうしよう。

私たちが受付に到着すると、彼はぺこっとお辞儀をした。

「ライブ、見せてもらいました」

滑舌《かつぜつ》が悪いのか、上手く言葉が聞こえなかったが、何か褒めてくれそうな気がした。私たちは動揺しながら、ありがとうございます、と答えた。

いつもより空気が薄く感じる。緊張で、一回の呼吸で取り入れられる酸素が少なくなっている。

ふらふらとしていると、男性は、

「何年生まれですか」

と聞いた。今度ははっきりと聞こえたので、月島が一九八五年ですと答えた。

すると、

「同世代です。僕の方が三つ上です」

と男性は言った。

ばくばくと心臓が鳴る。良かった、大学生じゃなかった。

「今日はどうしてライブに来られたんですか？」

私は思い切って質問した。手に汗をかいている。

「僕は新人発掘をしていて、インターネットでいろんな音源を聴いていました。そこであなたたちのバンドを見つけたのですが、ネットにライブの日程も書かれていたので、一度聴いてみようと思って……それで、今日は初めて来てみました」

男性は丁寧に経緯を説明した。確かにライブをする度に、色んなサイトに日程を掲載している。その告知を見てくる人は、今まで一人もいなかったけれど。

「そんなの載せてたっけ？」

月島が隣で首をかしげた。

「私が載せてたの！　今まで知らなかったの？」

私は小声で言って月島を小突く。

男性はこちらの様子を窺いながら、自分の手のひらを洋服の袖でこすっている。何か言い出そうとしているので、耳を傾けると、

「凄くいい曲ばかりでした。新曲と言っていた、仲間の曲も良かったです」

と言ってくれた。

私が目を丸くして月島をみると、月島はほらね、という顔をして、にこりと笑った。

身体中が痺《しび》れた。自分に才能がないと苦しんだ日々も、眠れずに朝を迎えた日々も、全てがこの時のためにあった気さえする。

すると男性が意を決したように口を開いた。

「音楽会社として、是非一緒にやりたいと思っています。あの、どこかから声はかかっていますか……」

きた。本当にきた。

虫歯になりそうな甘い匂いのする言葉を聞いて、ごくりと唾を飲む音が、自分の頭の中で鳴り響いた。隣を見ると、月島の目もまん丸になっていた。

「あの、まだかかっていません」

私たちは顔を見合わせて、正直にそう言った。すると、男性は持っていた鞄に手をやって、一枚の小さな紙を取り出した。

「あの、僕は三宅と言います。この音楽を、世の中に一緒に届けたいです」

男性は誰の目も見ずに、四角い紙だけを前に突き出している。

差し出された小さな四角い紙を月島が受け取った。横から覗き込むと、中央には英語の会社名と、三宅翔太という彼の名前が書かれていた。

「あ……」

月島はどうしていいのか分からなそうに名刺を片手で受け取った。そして、頭をかきながら何故か手のひらの中でくしゃくしゃに丸めて、そしてそれを何故か自分のポケットの中に無理矢理突っ込んだ。

ぎょっとして月島を見た。確かに名刺の扱いなんて分からないけれど、なにも丸めなくてもいいのに。

緊張感から少しだけ解き放たれて、私はふっと笑った。

三宅さんはまた連絡しますと言って帰っていった。

心臓がまだ高鳴っている。月島のジーパンのポケットには、私たちが人生で初めて貰った音楽業界の人の名刺が入っている。

私たちはもう一度顔を見合わせて、すぐにぐちりんとラジオに報告に行った。

ぐちりんは終始難しい顔で話を聞いていた。そして、

「詐欺の可能性がまだなくなった訳じゃない」

と言って、厳しく自分を制した。確かに、喜んでしまうのは怖い。もしも詐欺だった時は、喜んでしまった分だけ後で悲しまなくてはならなくなる。でも、少しくらいは喜んでもいいんじゃないかなあ。私は険しい顔でくしゃくしゃの名刺を広げて見ているぐちりんを見た。でも期待しているものが大きいからこそ、こんな怖い顔になってしまうのかもしれない。

ラジオは困惑していた。

「俺、どうしよう、今日初ライブなんだけど……」

詐欺だと疑うぐちりんの隣で、ラジオは喜んでいいのか同調した方がいいのか分からず、そわそわと手を動かしていた。確かに人生初のライブでスカウトされたと言われても、いまいちピンとこないものなのかもしれない。

手放しに喜ぶにしては、喜びが大きすぎる。確かに、反動がこないものかと疑ってしまう。私にしても、さっきまでの興奮が徐々に落ちついてくると、声をかけられたことも名刺を渡されたことも、まるですべてが夢だったのではないかと思うようになっていた。

私たちはうろうろと自分の感情を決めかねていた。誰もが飛び上がって喜びたい気持ちを、心の奥にぐっとしまいこんでいる。私は探るようにみんなの様子を窺った。すると、月島が不穏な空気を一掃するように口を開いた。

「今日みんなでビール飲もうよ！」

それは、喜びを露《あら》わにしていいという、合図の言葉だった。

下北沢駅の踏切の前に、生ビール百八十円と大きく看板を掲げた居酒屋がある。GARAGEからその店までは、歩いて五分もかからない。

私たちはライブにかけつけてくれたシュウタ、コウちゃんたちと一緒にその店の扉を開けた。普段は自炊をしているので、ほとんど初めてのみんなでの外食に、全員が浮き足立っている。

店内は混み合っていた。席について暫くすると、ビールジョッキが運ばれてきた。忙《せわ》しなく動き回る店員がジョッキをテーブルに置くと、白い泡がふわりと横に揺れる。

「それじゃ……乾杯！」

月島が立ち上がって言うと、みんなのかんぱーい！という合唱と、分厚いグラスがぶつかるコンという音が幾つも続いた。

金色に光る汗をかいたジョッキを傾けると、一口飲むだけでブルッと身体が震えた。ビールの味だ。早めに口からジョッキを離して辺りを見回すと、みんなも同じように何だか慣れない顔をしていた。苦くて濃い味のする生ビール。ジョッキで飲む特別な生ビール。

「今日は何に乾杯？」

私は窺うようにみんなに聞いた。

「デビュー？」

コウちゃんがさわやかに笑った。一緒に地下室を作ってきた彼は、心から私たちの吉報を喜んでくれている。

「まだ決まった訳じゃないよ」

ぐちりんは相変わらず険しい顔をしていた。すると月島が隣で、

「そうだよ。宣伝用の写真を撮ろうって言われて、なっちゃんが一枚一枚脱がされていくのを俺たちは見てるだけかもしれない」

と言って、みんなを笑わせた。

店内が騒がしかったせいで、私たちの声も次第に大きくなっていく。後ろに座っていたカップルがちらりと振り返った。

「もし本当にそう言われたらどうする?」

ビールを一口飲んで、私はみんなに訊いてみる。

「それがデビューの条件と言われたら……そん時は……」

月島はわざと真剣な顔をしてから、

「お願いします」

と、両手を合わせた。

すると険しい顔をしていたぐちりんも、笑っていたラジオも、その隣で私に手を合わせた。

「ええ? 助けてくれないの?」

笑いながらジョッキを傾けると、ビールの泡が鼻の下で弾けた。ちびちびと飲んでいると、ビールは永遠にジョッキの中にあるような気がする。

店内は賑やかだった。窓の外で真っ赤な提灯が揺れているのが見える。もう秋になるというのに、ぐちりんとラジオは半袖でビールを飲んでいる。ほとんど減っていないビールを前にする私の隣で、全く顔色が変わらないシュウタとコウちゃんが、二杯目をオーダーするために店員を何度も呼んだ。

すみませーん、という声が、そこら中で響いて、喧噪の中に溶けていく。ずっと地下で人知れず生活していた私たちの音楽は、ずっとこんな風に、空気に溶けていたのかもしれない。泣いたことも、叫んだことも、誰にも気づかれずに流れてきた時間。

誰かに気づいて貰うために、費やしてきた時間。

店員は遅くなりました、と言いながら、テーブルにやってきた。

「やっとここまできたね」

二杯目のビールを受け取りながら、月島は嬉しそうに言った。月島の嬉しそうな顔は、目尻が下がっていて、泣き顔みたいに見える。

「長かったね。全然短くなんてないよ。長い道のりだったよ」

私はそう言いながら、目頭を押さえた。月島の笑顔は、何故かつられて泣いてしまいそうになる。私はたくさんの出来事を思い返しながら、またちびりとビールを口に運んだ。

「俺もそう思うよ。長い道のりだった」

「そうだよ。すごく長かったよ」

私は下を向いた。唇を噛んで、涙をこらえる。

「色々あったからね」

そう言って月島がビールジョッキを傾けると、喉仏が上下に大きく動いた。

色々あったからね。

月島は窓の外に視線をやって、何かを思い出すように遠くを見つめていた。私は、ずっとふたごのように生きてきた人が、嬉しくて泣きそうになっている姿を、初めて見た。

もしも私たちが本当にふたごであったなら、君が今何を思い出しているのか分かるのだろうか。私が練習を中断させてしまって、メンバーを困らせた日のことも頭に浮かんでいるのだろうか。

もしも私たちがふたごであったなら、君はあんなに怒らなくて済んだのだろうか。曲を作るチャンスを与え、歌詞を書きなよと言って、私を奮い立たせる必要などなかったんだろうか。

もしも私たちがふたごであったなら、君が出かける時に、苦しい思いをしながら手を振ったことを、君は知るのだろうか。君の出て行った後、一人でシンセサイザーに向かった日のことを知るのだろうか。

もしも私たちがふたごであったなら、君には私が今見ている夢が分かるのだろうか。眠れず、曲が作れず、お前には才能がないという声に悩まされながら、何日もかけて作った曲を褒めて貰えた時に、自分はこの世界で生きていきたいと思ったことを知るのだろうか。

もしも私たちがふたごであったなら。

君の夢が、いつしか私の夢になっていることを知るのだろうか。

私はビールのジョッキを持ち上げて、一口だけ口に含んだ。

色々あったからね。

もしも私たちがふたごであったなら、こんな日はきっと来なかったんだろうと思う。

「俺たちは、必ず成功するよ」

ああ。

月島はあの世界を吸い込むような冷たい瞳で、こちらを見てそう言った。

これは悪い魔法なんだと、私はもう知っている。この先の世界に起こることを、私はもう知っている。

頷いてしまえば、メチャクチャに振り回されて、泣いて叫んで、もうこんな所にいたくないと、逃げ出したくなる日だってきっと訪れる。苦しくても、悲しくても、前に進むことしか許されない日々が始まってしまう。

そんなことはもう、分かっている。

でも私は気づいた時には、もうこくりと頷いてしまっていた。
そう、おう兄弟、当たり前だろう？　のニュアンスで。

（完）

後書き

序章「ふたご」を書き始めたのは、二〇一二年の夏のことでした。

私の所属するバンド、SEKAI NO OWARIがメジャーデビューをして一年後のことです。

初のアルバムをリリースし、全国二十五都市をライブでまわっている最中でした。厳しい残暑の中、バンドのボーカルである深瀬は言いました。

「彩織ちゃん、小説書いてみなよ」

何を言っているのだろうと思いました。

文章を書くのは好きでしたが、小説を書くというのは気ままに文章を書く作業とは全く違うはずです。

私はすぐに、

「そんなの無理だよ」

と言いました。

書いたことのある文章は、趣味でつけている日記とブログくらいなものです。小説と言われても、何から書けばいいのか、どんな風に書いていくのか全く見当がつきません。

すると、深瀬は、

「やってもいないのに、無理って言うな」

と私を叱りつけました。

確かに、一理あります。やってみなければ分からないこともあるでしょう。

私は小説を書いてみることにしました。全く関わりのないジャンルは書ける気がしなかったので、自分の経験をベースに、バンド結成の話を書こうと思いました。それが、地獄の始まりでした。


小説は、書けば書くほど終わりが遠のいていく作業でした。

何も分からず書き始めた私は、とにかく書いて書いて書きまくりましたが、そのほとんどがゴミでした。ゴミのような、ではなく、はっきりとしたゴミでした。

ツアーが終わってホテルに帰り、一人でゴミを書く毎日。朝起きて読み返すと、そのままゴミ箱へ投げ捨てたくなってしまう文章がパソコンに残されているのです。

酷い気分でした。深瀬を恨みました。


そして数年かけて原稿用紙に百ページ程の分量を書いた頃、幾らやっても納得がいく文章が書けず、私は小説を途中で投げ出すことにしました。

深瀬には、

「一生懸命やってみたけど、やっぱり無理だった」

と報告しました。

すると、深瀬は今度は、

「今の原稿を編集の仕事をしている友達に送ろう」

と言い出しました。

驚きました。どうして自分のことじゃないのに、そんなに私の小説を世に出そうとしてくれるのでしょう。

彼は私の百ページ程のデータを預かると、本当に編集者に送り、意見を求めました。

そして、

「良いものはあるって。俺もそう思ったよ。だからもう少し頑張りなよ」

という言葉をかけてくれました。

これには参りました。何も分からない所から一人で書き始め、曲がりなりにも長い時間をかけてきたので、良いものはあると言って貰えただけで、私は大喜びでまた頑張ることを誓ってしまったのです。

そしてまた、地獄の日々が戻ってきました。

この小説は大きく分けて二部構成になっていますが、どちらも苦しいシーンが大半を占めています。

私は夏子が苦しみ、泣いている時、同じように苦しみ、泣いていないと文章が書けませんでした。ある時はスターバックスで涙をこらえ、ある時は飛行機の中で胸を押さえながら文章を書きました。

月島が叫ぶシーンでは、私も自分の部屋で叫びました。

だから小説を書いた後に取材やテレビの仕事があると、メンバーからは「何か今日は暗いね」と言われてしまいました。

「ふたご」の世界から抜け出せずに、眠れなくなってしまった日もありました。

居場所がないと泣いた日から、いつも一生懸命に自分と向き合い、仲間たちとのデビューまでの道のりを歩んできた夏子。

そんな物語を書くことは、苦しいことの方が多いはずでした。それなのに、夏子の物語を書くことが、いつの間にか自分の人生の大きな主軸となっていることに気づきました。

私は小説を書かずにはいられなくなっていたのです。

本当にたくさんの原稿を書きました。本編は三三三ページありますが、少なくともその倍は原稿を書きました。

登場人物も、本当はあと十人くらいいました。泣く泣く削ることになったエピソードの中には、ヤクザからホームレスまで様々な人物がいました。

出番がなくなってしまった彼らのことも、またいつか書ける日が来たらいいなと思います。

「こんなもの、もう捨ててしまいたい！」という衝動に駆られながら、何度も書き直してきましたが、私にもようやく一冊の本を完成させることが出来ました。

実に五年の歳月がかかってしまいました。

ずっと応援してくれたメンバーたち、そして伴走してくれた編集者の篠原一朗君に心から感謝しています。

藤崎彩織

文庫版のための後書き

『ふたご』を刊行すると、想像していたよりも大きな反響がありました。

寄せられた感想の中には「初めて本を読みました」というものも多く、自分の書いた本が誰かの初めての読書体験になるなんて、と感慨深い思いでした。

第一五八回直木賞の候補にして頂いたことで新しい経験もありました。賞の候補になると、選考委員の先生方による選評が文芸誌に掲載されます。私が学生の頃から読んでいた作家の方々が、『ふたご』を読んでその感想を公の場に書いてくださったのです。

こんな驚きはありません。

そもそもそんな事は音楽業界ではあり得ない事でした。レコード大賞を選ぶのは新聞社などの方が多く、紅白歌合戦のラインナップを決めるのはＮＨＫの方で、人前に出るミュージシャンではありません。

例えば、新人ミュージシャンに対してMr.Childrenやサザンオールスターズの皆さんが、

「この作品はデビュー作にしてはよく出来ているが、歌詞は歌いまわされたそれである。また、ベース音の進行が単純で飽きやすく、もう少し他のコードを試す余地があったの

ではないかと思われる。ヴォーカリストの声色に余裕があればなお良くなると思うので、もう半音キーを下げてみるのも選択肢だろう」なんて選評を出されたら、びっくり仰天。音楽業界では、ミュージシャンがラジオやテレビなどで誰かの音楽を「良い」と評することはあっても、わざわざ「もっとこうするべき」なんて言うことはほぼありません。

そう考えると、文学界とはなんと恐ろしく面白い世界でしょうか。指の隙間から少しずつ視界を開かせるように、頂いた感想を有り難く読ませて頂きました。

『ふたご』を読み返すと、とても不思議な気持ちになります。音楽を作っている時も、本当にこれを私が作ったんだ、と信じられない気持ちになる事がありますが、『ふたご』はまさにそういう作品になりました。

自分の書いた文章を読んでいて、もうこんなことは二度と書けないだろうな、と思えた時、私は何らかの呪いから解放されたような気がします。

何らかの呪いというのは、すぐに自分に価値なんてないと思い込んでしまう癖のようなものだとは思うのですが、時間を経て読み返してみると、自分はこの作品を書き上げたことで救われていたのだと改めて実感しました。

『ふたご』を書いていなかった自分の人生を想像すると、ぞっとします。

文庫化にあたって、宮下奈都さんに解説を書いて頂きました。

宮下さんの解説を拝読したその夜から、何度も解説を読み返していました。意図して書いたところ、全くしていなかった所を分析して頂き、初めて『ふたご』を読んでいるような気分になるのが不思議でした。

文章を書いているとこんなに素敵な経験が出来るのだと感動したのですが、私は普段、すぐに自信をなくして原稿を捨てたくなってしまうので、そんな時はまた宮下さんの解説を読み返したい、と思いました。人生で初めて頂いた解説は、私にこれからも文章を書く勇気を下さった宝物です。

私は本を読み終わった後に、自分の感想をまとめながら解説を読むのが好きなので、皆様に宮下さんの解説とともに『ふたご』を反芻《はんすう》していただけることを本当に嬉しく思っています。

藤崎彩織

解説

宮下奈都

どうしよう、と思った。何を解説すればいいんだろう。生々しくて、せつなくて、痛くて、何度も胸を揺さぶられた。この小説が好きだ。好きだ、と叫び出したくなる。この気持ちをどう解説すればいいんだろう。

ここに書かれている出来事をひとつも体験していないのに、ここに書かれている気持ちはひとつ残らず知っている。そう錯覚させてくれるのは、すぐれた小説の力だ。

どこを切っても血が出てくる。痛みを伴う。文章に血が通っているのを感じる。これは小説だ、と自分に言い聞かせるのに、呼吸や心臓の鼓動の音が聞こえてきてしまう。主人公が中学生の章は中学生の夏子が、高校生パートは高校生の夏子が書いているような気がして、読みながら自分も中学生になり、高校生になった。この臨場感のせいで、私は月島を憎んだし、そのカリスマ性のある言葉を待ち焦がれることにもなった。

SEKAI NO OWARI が日本だけでなく世界でも人気のあるバンドであること、著者がそのバンドのピアニストであることを知っていて読む人が大半だとは思う。それでも、知らずに読めたらどんな気持ちだっただろうか、と考えてしまう。考えてもしかたのないことだと思いながら。まっさらな気持ちで、ある町の中学生の女の子と男の子が出会うところから読もうとした。険しい道のりだった。いつになったらうまくいくのか、そもそもいつかは何かがうまくいくのかどうか、それさえわからないまま月島と走り続けてきた夏子を思うと、最終章のよろこびが弾ける場面で泣けて泣けてしょうがなかった。

ほんとうのところ、この小説がまったくのフィクションなのかどうか、私は知らない。そしてもしも実在のバンドがモデルだったとしても、それを知っていて読むか、知らないまま読むか選べるのであれば、知らないほうを選んでみたい。

描写にあまりにもリアリティがあるので、どうしても実在の人物を思い浮かべる場面もあったけれど、反則だったと思う。夏子が悩んだり苦しんだりする場面で共に苦しい思いをしながらも、つい、でもだいじょうぶ、と思ってしまった。いつか、うまくいくから、と。あなたたちはたくさんの人の心に響く音楽をつくって途轍もない成功を収めるよ。そんな思いが脳裏を掠める。

もちろん、フェアな読み方ではない。第一、主人公は西山夏子だ。藤崎彩織ではない。だけど、そうでもしないと、苦しかった。多感な少女の中学時代、高校時代、そして大学時代まで、その大半を月島がかき乱す。手ひどく傷つけられる。それでも自分を見失わず、月島を追い、ピアノに向き合い続ける夏子に、頑張れ、と心の中で声援を送る。

そんなふうに読んでいくよりほかにどうすればよかっただろう？

私は、夏子のピアノに向ける情熱に憧れる。ピアノに向かうときの夏子が好きだ。夏子には報われてほしい。できることなら、努力を重ねてきたピアノで立ってほしい。そう願ってしまうのは、月島があまりにも危なっかしいからだ。

でも、心をぐいっと引き寄せられたのは、月島の言葉であったことも事実だ。努力出来る充実した人生と、ゴロゴロしながら今日も頑張れなかったって思う人生と、どっちか選びなさいって聞いたら、みんな充実した人生を選ぶでしょう、と月島は言う。じわりと冷や汗が滲んだ。好きでゴロゴロしているわけではないのだと、そんなあたりまえのことを突きつけられた気分だった。

「頑張れた方がいいに決まってるじゃないかって」(p149)

そうだ。そうなのだ。頑張りたいのに、頑張れない。その苦しみは私にも嫌というほどわかる。それでも、頑張ることができない。何をやっても楽しくない。不甲斐ない月島に泣きそうになりながら激しく共感している。

ふたごであることも、ふたごでないことも、苦しい。それほどに思い続ける相手が月島のような男だった場合、たいていは報われることはない。何をやってもうまくいかなくて、やる気も根気も出すことができなくて、とても生きにくそうな月島が、うまく生きられるようになる確率は限りなく低いように思えた。夏子が引きずられるのも振り回されるのも怖かった。

それなのに、月島は、夏子がほんとうに欲しいときに、思いがけない言葉をくれる。傷つけ合うのに、輝く瞬間も共有してしまうふたりの関係が続いていくうちに、月島に何かいいことが起きてくれないか、と私はじりじり願うようになった。いつか、頑張れるものを見つけてくれないか。誰より夏子にしあわせになってもらいたくて、そのためには月島にしあわせになってもらうしかないと思った。実際には、私のそんな傲慢な願いはやすやすと超え、もっとずっと素晴らしいところへふたりは到達するのだけれど。

「お前の居場所は、俺が作るから。泣くな」（p23）

中学二年生のときに月島が夏子にかけた言葉だ。月島がどれくらい本気で言ったのか、それをいつまで覚えていたのか、わからない。これはいわゆる殺し文句だ。夏子はもうこれで月島から離れられなくなるだろう。大人の私はそう思う。だけど、ここを読んでいるときの私は中学二年生に戻っていた。だから、すごくどきどきして、すごくいいと思った。

おまえの居場所は、俺が作る。そんなことを言われてみたい、と夢想するのは中学二年生の私だ。現実の私は、こんなに強い言葉を与えられたら、夏子はずっと抱えて生きていくことになるだろうと怖くなった。受けとめきれないほどの力を受けとったに違いないし、何度も思い出しては夢を見ることになるだろう。矯めつ眇めつ、言葉の意味を拡大したり縮小したりしながら、この言葉を頼りに生きてしまうはずだ。強烈な言葉には魔力がある。月島はそれを持っている人なのだ。

だから、高校に入り、アメリカに行き、また帰ってきて、ふたりがぐちゃぐちゃになっていくところを読むのはつらかった。私も高校生だった。高校生に戻ってしまって読んでいた。どういうわけか、何度読んでもやっぱり同じ年頃になって胸にリアルな痛みを感じてしまうのだ。月島にもっと夏子を大事にしてほしかった。あるいはいっそ離れてほしかった。

しかし、夏子は非常に繊細で多感である半面、理性的で聡明だ。ひたむきな努力家でもある。月島との距離を縮めたり、遠ざけたりしながら、振り回されるだけでなく、なんとかして自分の意志で関係を保とうとする。はらはらしながら読んでいると、不意に大きな衝撃が来る。

月島は叫び続けていた。玄関の前で、両手で頭を抱えながら、自分に巣食う悪魔を振り払うように叫んでいた。

不思議な光景だった。私は玄関で立ちすくんで、月島に見入ってしまった。なんて美しいんだろう。

野生の獣のように、月島は美しかった。涙で濡れた髪が、頬に張り付いていた。

（p143）

月島が精神科へ入院する直接のきっかけとなった夏子の家での事件の場面だ。美しかった、とある。夏子に寄り添って、夏子に共感して読んでいたつもりの高校生の私はここで突き放された。狂気の発露ともいえる場面が、その一言で浄化されるのを感じた。同時に、この月島の姿を、怖ろしいとか悲しいとかではなく美しいと表現することで、夏子はきっともう月島とは離れられない運命なのだと予感させられた。

　後にもう一度、月島が狂気との境目にいるような激しい感情を表す場面がある。地下室でバンドメンバーの矢部チャンとつかみ合いの喧嘩をするときだ。


「俺たちは上にいかなくちゃいけないんだよ」

月島が泣きながら、天に向かって宣言をするように言った。

上にいくもなにも、私はまだバンドに入り立てで、そしてドラマーもいない。

でも、月島が言うのを聞いて、とにかく上にいかなくちゃいけない、と思った。上というのがどこかも分からなかったし、何をしたらいいのかも分からなかったが、私は心の底から、思ったのだった。

私たちは上にいかなくちゃいけない。(p246)

　なんということだろう。根拠も何もなく、ただ信じている。信頼などという次元を突き抜け、月島を崇拝している。愛とか恋とかいう言葉のゲームも放棄したようだった。私はここでやっと夏子の服の裾を握っていた手を放したように思う。たぶん私は私自身が夏子とふたごのようでありたいとひそかに願いながら読んでいたのだ。

傷つきやすいけれど芯のある少女と、社会的には外れてしまうのにときどきとびきりの魅力を放つ少年。その取り合わせは魅力的だけれども、うまくいくなんてちょっと考えられなかった。だけど、ふたりはそれぞれ成長していく。そうして新しい場所へたどり着く。

「俺が作る」と月島が言った夏子の居場所は、月島自身が欲しかった居場所だったのだと思う。異常なほど惹かれ合い、傷つけ合いながらも続くふたりの運命は、この場所から生まれ、過去へと流れてきていたのかもしれない。ふたりが今も一緒にいてふたりとも輝いていることは、奇跡なんかじゃないと思った。奇跡より、もっと確かなもの。彼らがこの世界で生きていくために、たくさんのまわり道をしながら命をかけて作り上げてきた居場所だ。きっと夏子と月島はそこに安住することなく、今も上へ向かって歩いているところだと思う。

一生に一度しか書けない小説というものがもしもあるとしたら、まさにこの小説がそうだ。だけど、藤崎彩織という人は、たぶんまた一生に一度しか書けない小説を書く。私はそれを心から楽しみにしている。

（作家）

単行本　二〇一七年十月　文藝春秋刊
Special Thanks　畑中雅美　立花 葵　池田 大

文春文庫

ふたご

定価はカバーに
表示してあります

2020年9月10日　第1刷

著　者　藤崎彩織《ふじさきさおり》
発行者　花田朋子
発行所　株式会社　文藝春秋

東京都千代田区紀尾井町3-23　〒102-8008
TEL　03・3265・1211㈹
文藝春秋ホームページ　http://www.bunshun.co.jp

落丁、乱丁本は、お手数ですが小社製作部宛お送り下さい。送料小社負担でお取替致します。

印刷・凸版印刷　製本・加藤製本

Printed in Japan
ISBN978-4-16-791558-2